書下ろし

忘れ形《がた》見《み》

取次屋栄《えい》三《ざ》⑳

岡本さとる

祥伝社文庫

目次

『忘れ形見』の舞台
不忍池
小梅村
御厩河岸
大野屋
大川橋
神田須田町
昌平橋
神田川
両国橋
薬研堀
大川（隅田川）
竪川
横川
神田四軒町
金剛道場
日本橋
江戸橋
呉服町
「田辺屋」
小名木川
八丁堀
永代橋
南町奉行所
本材木町五丁目
「新・岸裏道場」
日本橋通南三丁目
松田新兵衛宅
北
東
南
西

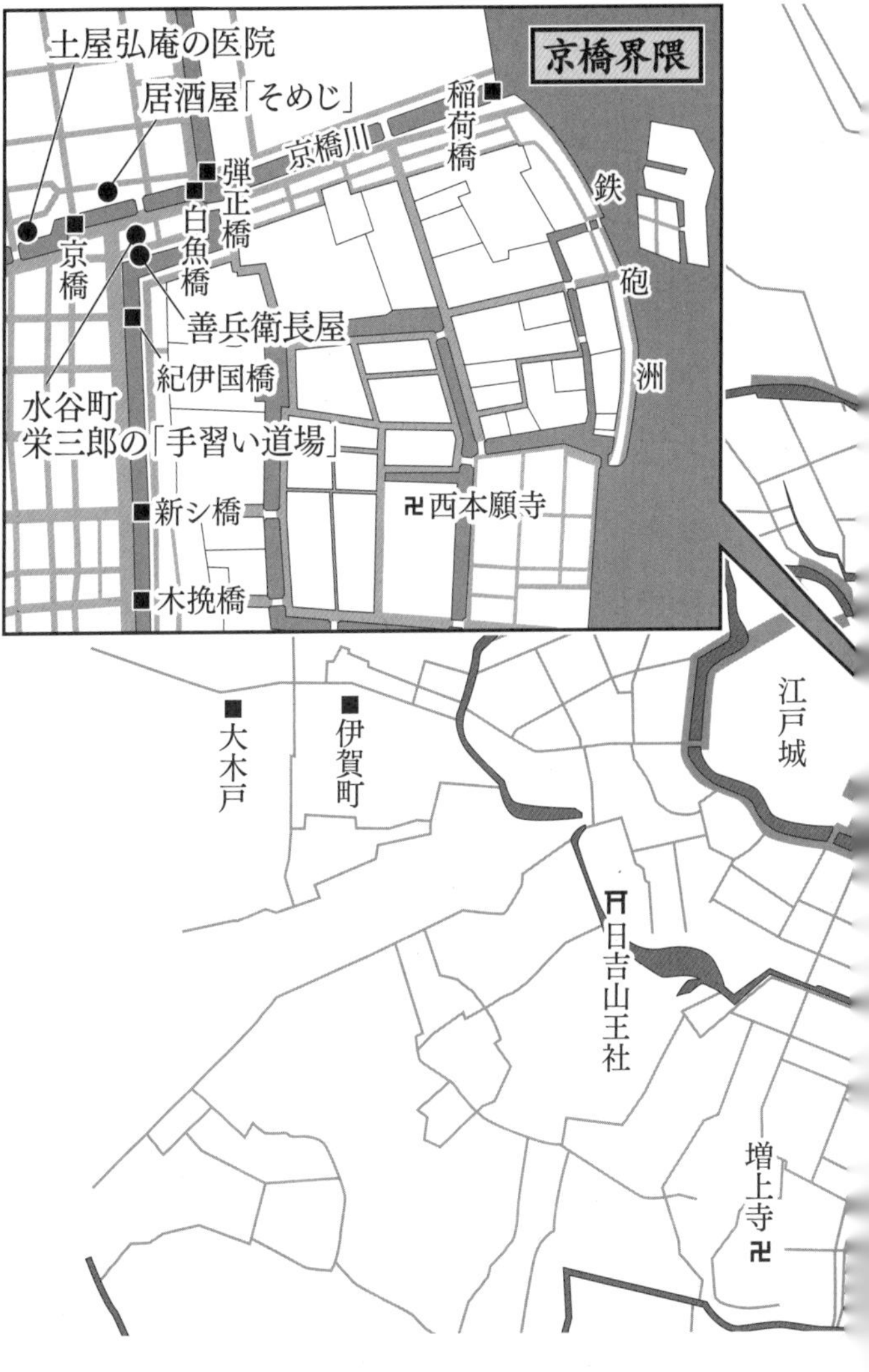
京橋界隈
土屋弘庵の医院
居酒屋「そめじ」
京橋川
稲荷橋
弾正橋
白魚橋
京橋
善兵衛長屋
紀伊国橋
水谷町
栄三郎の「手習い道場」
新シ橋
木挽橋
西本願寺
鉄砲洲
江戸城
大木戸
伊賀町
日吉山王社
増上寺

地図作成／三潮社

第一章　忘れ形見《がたみ》

一

夏に風邪《かぜ》をひく者は馬鹿《ばか》だ――。

栄三郎《えいざぶろう》は、若い頃からそのように思っていたが、四十二になってそれを改めた。

妻女の久栄《ひさえ》がかかってしまったからである。

文化《ぶんか》九年（一八一二）となり、息子の市之助《いちのすけ》も数え歳《どし》三つとなった。

近頃ではとことこと駆《か》け回り、たどたどしく言葉のようなものを発するようになった。

それでもまだまだ頼りない。

あれこれと母が気を遣《つか》い、面倒を見てやらねばならぬのだ。

風邪などひいている場合ではない。

誰よりもそれをよく心得て、自分の体を気遣ってきた久栄であった。

実弟の房之助《ふさのすけ》は学問優秀で、浪人の子弟から異例の厚遇をもって旗本《はたもと》三千石・永井《ながい》家の婿養子《むこようし》に迎えられた。

聡明《そうめい》な血が久栄にも流れているのは、彼女の行動や立居振舞《たちいふるまい》、家事の段取りの立て方を見ても明らかである。

その久栄が寝込んでしまうのであるから、

「侮《あなど》れねえ病《やまい》なんだなあ……」

栄三郎は、取次屋《とりつぎや》の番頭である又平《またへい》に、つくづくと言ったものだ。

そうして、二日が経《た》って久栄の熱も下がってきたと思ったら、今度は栄三郎の剣の師である岸裏伝兵衛《きしうらでんべえ》が夏風邪にやられたとのこと。

「おれは病になどかかったことがない」

と豪語する伝兵衛ゆえに、〝鬼の霍乱《かくらん》〟などと言われているが、夏風邪実に恐るべし。

「今年は流行《はや》っているのかもしれぬな。少しばかりよくなったからといって油断は禁物だ。くれぐれも無理はせぬようにな」

その日、栄三郎は久栄を戒《いまし》めてから岸裏道場へ師の見舞《みまい》に出かけた。

梅雨《つゆ》も過ぎ、いよいよ夏の盛りとなっていた。

酷暑を避《さ》け、日の暮れ始めた頃を見はからって、本材木町《ほんざいもく》五丁目にある道場へ向かうと、折しも往診に来ていた町医師の土屋《つちや》弘庵《こうあん》が出てくるところであった。

弘庵は中《なか》の橋北詰《はしきたづめ》に医院を構えていて、秋月《あきづき》栄三郎とは旧知の仲である。彼は本名を和太郎《かずたろう》といい、かつては札付きの暴れ者であった。それを伝兵衛に意見をされ、剣術を習ううちに門人達の怪我《けが》の手当をする手際《てぎわ》がよいと伝兵衛に見込まれた。

「お前には医術の才があるぞ。今からでも遅うはないゆえ、医者になるがよい」

熱く言われるとその気になり、遂《つい》に医術を修《おさ》めたという変わり種《だね》だ。

岸裏道場の相弟子であり、栄三郎も住まいが近いこともあり、今では〝手習《てなら》い道場〟かかりつけの医者として、久栄の療治《りょうじ》も頼んでいた。

「これは先生、御苦労なことにござりまするな」

「おお、栄三《えいざ》殿か。早速《さっそく》に見舞とは感心じゃな」

「不肖《ふしょう》の弟子ですからね。せめてこういうところだけでも、きっちりとしておかねばならぬのですよ」

「ははは、左様《さよう》かな……」

相変わらずぶっきらぼうで強面《こわもて》の弘庵だが、栄三郎と話す時は楽しそうな笑顔を浮かべる。

「岸裏先生の工合《ぐあい》はどうです？」

「それならば大事ない。正に鬼の霍乱というところじゃ。少し前ならば、医者など呼ばなんだであろうが、それだけ先生も偉《えろ》うなられたのじゃな」

「なるほど……」

以前は、医者の往診など断じて受けつけなかったが、今は道場内に高弟・松田《まつだ》新兵衛《しんべえ》とその妻女・お咲《さき》が住んでいる。

新兵衛には、

「おれに構うではない！」

と、叱《しか》りつけられても、お咲にあれこれと諭《さと》すように言われると、無下《むげ》にはねつけることも出来ない。

岸裏伝兵衛も、周囲からその体を気遣われる大師範になったというわけであろう。

「時に、久栄殿の様子はいかがかな」

弘庵は低い声で問うた。

「すっかりと熱もひいたようにござりまするが、どうもこのところは調子を壊しがちにござりまする……」

栄三郎は姿勢を正した。

伝兵衛は鬼の霍乱ですまされても、久栄はそうではない。

かつては苦界《くがい》に身を沈め、弟・房之助を世に出さんとした久栄である。その時の苦労は未《いま》だ体の奥底を蝕《むしば》んでいるはずだ。

その上に高齢で市之助を産んだ無理も重なっている。

弘庵は事情を知るだけに、久栄の体調については、

「日頃から気遣ってあげなされ」

と、栄三郎には告げている。話が久栄の体に及ぶと、互いに真顔になるのだ。

「まずこの度は、ただの夏風邪であろうが、くれぐれもこじらさぬように」

何かあればすぐに呼ぶようにと頷《うなず》きかけて、弘庵は帰っていった。

──真《まこと》にありがたい人だ。

知り合いに医者がいるというのは心強い。

恋女房の身を案ずる栄三郎であったが、弘庵と話したことで、かなり気が晴れた。

岸裏伝兵衛はというと、

「栄三郎、見舞に来たと申すか？　いったいおれが風邪をひいたと触《ふ》れて回っているのは何奴《なにやつ》じゃ！」

栄三郎の顔を見るや、開口一番怒ったものだ。

その様子を見る限り、もうすっかりと元気を取り戻しているらしい。

「先生、そのようにお気を昂《たか》ぶらせては、また夏風邪がぶり返しまするぞ」

元気になった様子が嬉《うれ》しくて、軽口を返したのがいけなかった。

「たわけめ。おれの体が元に戻ったかどうか稽古《けいこ》をつけてやるから、すぐに稽古場へ出よ」

思うがままにならぬ体に苛々《いらいら》する伝兵衛は、ますます気を昂ぶらせる。

栄三郎のおとないを知って寝所へやって来たお咲が、

「先生、いくらなんでも、お稽古はまだ早過ぎましょう」

と、にこやかに宥《なだ》めたので、伝兵衛も一旦《いったん》は矛《ほこ》を収めたのだが、続いて稽古場からやって来た新兵衛が、

「三日後であれば、先生も落ち着かれておいでのはず。栄三郎、久しぶりにしっかりと稽古をつけていただくがよい」

強い口調《くちょう》で言ったものだ。

伝兵衛はニヤリと笑って、

「よし。ならば三日の後に参れ。そういえば、お前がこの稽古場に来るのは、随《ずい》分《ぶん》と久しいのう」

その方が存分に稽古をつけてやれると思い直したのか、大人しく横になったのであった。

「栄三郎、おれも楽しみにしているぞ」

新兵衛もまたニヤリと笑った。

――勘弁《かんべん》してくれ。

栄三郎は、溜息《ためいき》をつきつつ逃げるようにその場を下がった。

新兵衛も自分と同じ歳で、もう四十二になるのだ。

未だ若い頃のように、稽古嫌いの栄三郎の尻《しり》を叩《たた》かずともよいではないか。

師と相弟子は、取次屋と手習い師匠の顔を持つ秋月栄三郎に、どこまでも剣客《けんかく》の顔を持ち続けてもらいたいようだ。

とはいえ大坂《おおざか》の野鍛冶《のかじ》の倅《せがれ》が、十五の時に剣客を志《こころざ》して江戸に出てきたのだ。栄三郎とて剣には思い入れがある。

ぶつぶつとこぼしながらも、伝兵衛と新兵衛の想《おも》いがありがたく嬉しかった。

――よし、三日後に備えて体を動かしておくか。

と、気合を入れ直して外へ出ると、入門希望者であろうか、道場の武者窓から中を覗《のぞ》き見る十七、八の若い武士の姿が目に入った。

あまりじろじろ見つめると、若い武士も稽古の様子を窺《うかが》いにくいであろう。

それゆえ、さっさと通り過ぎたが、彼の目の清々《すがすが》しさが、栄三郎の心を捉《とら》えた。

細面《ほそおもて》ですらりとした体付き。

何か夢を追いかけているようでもあり、色々と悩みを抱えているようでもある。

――おれにもああいう若い頃があったのだなあ。

そう考えると力が湧《わ》いてきて、三日後が楽しみになってきた栄三郎であったが、その当日、彼は再びこの若者を見かけることになる。

二

久しぶりの岸裏道場での稽古は、なかなかに充実したものとなった。

妻の久栄は、本調子ではないものの、夏風邪からは回復して元気を取り戻していたし、岸裏伝兵衛は、

——もう少し寝込んでいればよかったものを。

と、辟易《へきえき》するほど、気力体力ともに漲《みなぎ》っていた。

松田新兵衛の剛剣は枯《か》れることを知らず、伝兵衛との立合で疲れ切った秋月栄三郎の体を攻め立てる。

しかし、師範代としての成長は、新兵衛の剣に相手の技を引き出す余裕と深い趣《おもむき》を生んでいる。

栄三郎の体は自《おの》ずと動き、忘れていた技が次々と出た。

「出し惜《お》しみをするではない」

そんな風に、さりげなく称《たた》えるのも以前にはなかったものだ。

——岸裏先生と新兵衛の言う通りだ。もう少しここで稽古をいたさねばならぬ

な。

やがて防具の面を取って立合を終えた時はそんな想いにさせられた。夏場の稽古は、この瞬間の心地《ここち》よさを感じるために励《はげ》むようなものだ。熱風が吹いても、汗みずくの顔には涼風に思える。

心身共に爽《さわ》やかとなり、栄三郎はふっと稽古場の窓に目をやった。外から稽古を熱心に見つめる者の存在を覚えたからである。そしてそれが、先日も稽古場を覗き見ていた若い武士であることに気付いたのだ。

——そういえばあの顔立ち、どこかで会ったような気がする。

栄三郎は、三日前にもこの若者のことが気になったのは、それが要因であったのかもしれぬと感じた。

道場に長居をすると、またあれこれと稽古不足について叱られるので、

「すぐに出直して参ります」

恭《うやうや》しく師に稽古の礼と共に言上し、素早く道場を出ると、件《くだん》の若者の姿が見えた。

栄三郎が稽古を終えた後。しばらく道場の周りをうろうろとして、やっと帰る気になったのであろうか。彼はとぼとぼと本材木町の通りを北へ向かって歩いて

いた。

久しぶりに本気で稽古をしたので、体の節々が痛かったが、そこは取次屋の血が騒ぐ。

栄三郎の足は、自ずと若者の後をついて歩みを進めていた。

どこかで見たような気がした上に、先日といい、今日といい、道場に入ってみようかみまいか、思い悩んでいるように窺われたからだ。

入門希望なのであれば、いささかお節介ではあるが、彼のためらいを取り除き、うまく取り次いでやりたくもなる。

岸裏道場には、お咲の実家である富商・田辺屋《たなべや》が後盾《うしろだて》となっているが、岸裏伝兵衛が師範で松田新兵衛が師範代を務《つと》めるのだ。

世渡り下手な二人であるから、決して道場の経営がうまくいっているとは言い難い。

帷子《かたびら》に縞《しま》の小倉《こくら》袴《ばかま》、腰には脇差《わきざし》を帯びた姿はこざっぱりとしていて、医師か学者の子弟に見える。

身形《みなり》からしても彼の家はなかなか裕福であるはずだ。

入門するならば、岸裏道場にとって悪い話ではなかろう。

——先生も新兵衛も、こういうところに今ひとつ気が回らないから困る。

ここはおれに任《まか》せておけとばかりに、栄三郎はあとを追う。

若者は、青物市場《あおものいちば》へ出て日本橋《にほんばし》を渡った。

人混みの中に入ったとて、見失うことはない。

悠々とあとをつける栄三郎にまるで気付く様子もなく、若者は室《むろ》町の通りをさらに北上し、やがて一軒の家に入った。

そこは大通りを右へ曲がったところにあるなかなか大きな構えで、身分ある浪人の住まいに思われた。

木戸門は開け放たれていて、そっと辻《つじ》の物陰から窺い見ると、筒袖《つつそで》に軽衫《かるさん》のような袴をはいた書生風が出入りしている。

やはり医者の子弟のようだ。

それも、なかなかの名医と見受けられる。

往診を頼みにきたのであろうか、手代風の若者が出てきたので、

「この辺りに医者がいると聞いて来たのだが、あれがそうかな？」

「左様でございます」

「さぞや名高き御仁《ごじん》なのであろうな」

「はい、三上玄斎《みかみげんさい》先生と申されまして、うちの主人などは、先生でないと埒《らち》が明かぬと申しております……」

「三上玄斎先生か。いや、これはよいことを聞いた。真に忝《かたじけな》し」

栄三郎は、立派な剣術師範を装《よそお》い、手代と言葉を交わすと、そのまま南へとって返し、京橋《きょうばし》南の水谷《みずたに》町の手習い道場へ戻った。

三上玄斎なる医者についての詳細は、一旦間を取って又平に調べてもらうのが何よりだと思われた。

若者の顔をどこかで見たような気がするということは、又平も覚えがあるかもしれない。それをすぐに確かめたかった。

「町医者の息子でやすか？」

早速帰って若者の特徴と共に又平に問うてみたが、

「そういう人に心当りはありませんねえ……」

又平は首を傾《かし》げるばかりで、

「とにかく当ってみます」

彼もまたすっきりしないのであろう。すぐに三上玄斎の人となりについて調べに走った。

秋月栄三郎が暮らす町からは、さほど遠いところでもない。

今の又平の情報網と巧《たく》みな聞き込みにかかるとすぐに知れた。

どうやら件の若者は、三上玄斎の許《もと》に身を寄せている孫であるらしい。

玄斎には娘が一人いて、とある剣客と夫婦《ふうふ》になったのだが、その剣客がすぐに死んでしまって、残された息子と共に実家に身を寄せたというのだ。

「なるほど、それで今は医者になるために医術を学んでいるが、父親の血を引いて、剣術の稽古を目にすると興をそそられるってわけだな」

話を聞いて、栄三郎は推測をした。

「旦那《だんな》が仰《おつしや》る通りかもしれませんぜ。その死んだ父親ってえのは、大層名のある剣客だったたって話で」

「ほう、誰だろう？　その父親の名は知れたのかい？」

栄三郎は身を乗り出した。

又平の報告はいつも話の流れに少しばかりもったいをつける。それゆえ聞いている方は、講釈を聞いているような心地になってしまう。

大層名のある剣客と聞いて、又平も栄三郎ならその名を知っているのではないかと、今もじらしてみせたのだ。

「へい。その名は……」

「早く言わねえか」

「へへへ、まず旦那が見かけたっていう若いお人は、栗山壮之介《くりやまそうのすけ》。その親父《おやじ》さんの名は、丑之助《うしのすけ》と……」

「何だと？　栗山丑之助……？」

栄三郎は、その名を聞いて思わずギラリと目を光らせた。

「ご存じなので？」

「ああ、ようく知っている。そうか、あの若いのは栗山丑之助によく似ていたんだ。父子《おやこ》だったとはなあ。だが、またどうして岸裏先生の稽古場を覗きに来ていたのか。そいつがよくわからねえや……」

三

栗山丑之助は、神道無念流《しんとうむねんりゅう》にあって、天才と謳《うた》われた剣客であった。

戸賀崎熊太郎《とがさきくまたろう》に学んだが、熊太郎が高弟・岡田十松《おかだじゅうまつ》に弟子を託《たく》し、武州清久《ぶしゅうきよく》村に帰郷した後、丑之助は独立して神田四軒町《かんだしけんちょう》に己《おの》が道場を開いた。

それからは、撃剣館《げきけんかん》の岡田十松と並び称される実力をみせた。

歳は、秋月栄三郎、松田新兵衛の二つ上で、まだ岸裏伝兵衛が本所《ほんじょ》に道場を構えていた頃に内弟子として暮らした二人には、実に眩《まぶ》しい存在であった。

とはいえ、丑之助にとって、四歳上の岡田十松は自分の前にそびえ立つ大きな壁であり、剣技人品共に認められる十松がいる限りは、神道無念流にあって最高《さいこう》峰《ほう》に立つことは難しかった。

それを打開せんとして彼が選んだ稽古法は、他流との交流であった。

いつの世も正流を進めぬ者は、外に境地を拓《ひら》かんとするものだ。

道場破りをするようなものではなく、ごく少数の弟子を伴《ともな》い、自らが教えを請《こ》う姿勢をとり、受け入れてくれる道場があれば、彼はどこへでも出かけた。

そして、そこで圧倒的な剣技を披露し、立合を望む者はことごとく軽くあしらって、丑之助はますます剣名をあげた。

立合う際は、適当に相手にも一本を譲り花を持たせたので、剣客としての人気も高まったのである。

栗山道場には入門を願う者が溢《あふ》れ、そのうちに岡田十松の撃剣館を抑え、神道無念流といえば栗山を指すようになるのではないかと評判をとるまでになった。

大坂から剣客を目指して江戸に出て来た栄三郎は、丑之助に憧《あこが》れを抱いたものだ。

正流でなくとも、剣術の腕を上げ、仕合巧者、立合巧者となり、相手を気遣う世渡りも併《あわ》せ持てば、自分もそれなりの剣客に成れるのではないか――。

そんな希望を丑之助に見たのである。

そして栗山丑之助は、遂に岸裏道場に訪ねて来た。

華々しさはないが、諸流の剣客から尊敬を集めているという岸裏伝兵衛の噂《うわさ》を、予々《かねがね》聞き及んでいたのである。

栄三郎は丑之助と立合うのが、自分にとっては栄誉であると、彼の来訪を喜んだものだ。

丑之助は、まず伝兵衛と立合ったが、伝兵衛への尊敬の念を込めたのか、若年の自分からひたすら打ち込んでいく姿勢を貫《つらぬ》いた。

師範達が恐れるのは、若く勢いのある丑之助に、門人の前で打ち負かされることである。

丑之助はその辺の配慮が出来たので、各道場で立合う時は、師範達を気持ちよくさせてから、門人達を次々と叩き伏せていく手順をとった。

初めからあえて打ち合わず、自分ばかりが技を出しこれを受けてもらうことで、勝負を避けるのだ。

師範達は皆一様に、丑之助に打ち負かされる悪夢から逃れられるので、ほっと息をつき、

「栗山殿は、剣に対する想いが、実に殊勝である」

と、誉《ほ》め、それから門人達が立合で負かされるのを見て、

「真に見事な腕前じゃ」

と、持ち上げたのだ。

その稽古法は岸裏道場でも同じであった。

勝負にこだわらず、目上の者には自分から次々と打ち込んでいく丑之助の心がけを、伝兵衛は大いに称えた。

しかし、それは伝兵衛が、丑之助に打ち負かされなくてよかったという想いからではなかった。

彼の礼儀を大事に受け止めただけで、勝負は弟子に任せておけばよいという余裕の表れであった。

岸裏道場には、松田新兵衛という傑物《けつぶつ》がいた。

気楽《きらく》流岸裏道場の実力を知らしめるのは新兵衛次第である。新兵衛が負かされたら、それが岸裏道場の今の実力であると、伝兵衛は納得出来るのだ。

新兵衛は、そんな師の想いを受け止めて、丑之助との立合に臨《のぞ》んだ。

栄三郎も、相弟子の陣馬七郎《じんましちろう》も、まず自分達との立合を望んだが、丑之助は新兵衛の噂を聞いていたようで、

「息が切れる前に、まず松田殿と稽古をいたしとうござる」

と言って、新兵衛を相手に立合ったのである。

丑之助は、口では〝息が切れる〟などと言っていたが、

〝松田新兵衛、何するものぞ〟

という自信に充《み》ちていた。

ところが、竹刀《しない》を構えて対峙《たいじ》した途端《とたん》、丑之助の顔色が変わったのが、面越しにわかった。

青眼《せいがん》に構えた松田新兵衛は、その偉丈夫がさらに大きく見えるほど、威風に充ちていた。

そして、いくら誘いをかけても、手許が浮き立たず、毛筋ほどの隙《すき》もない。

――こんな男がいたのか。

丑之助は己が無知を恥じた。

これほどまでに出来る剣士が、今ひとつ知られていないのは、松田新兵衛が晴れがましいことを嫌い、ただ黙々と己が剣を磨《みが》いてきたゆえであろう。

その精進《しょうじん》の凄《すさ》まじさは、彼の構えにすべて表れている。

丑之助は天才であるだけに、それが誰よりもよくわかる。

「やあッ！」

久しぶりに強い相手と立合える喜びと恐怖を振り払い、丑之助は無念無想に身を置いて、裂帛《れっぱく》の気合をもって踏み込んだ。

目の覚めるような面打ちであった。

だがその刹那《せつな》。丑之助が身に着けていた防具の胴が、〝ばしッ！〟と大きな音を立てた。

新兵衛がぎりぎりのところで丑之助の面をかわし、無心で薙《な》いだ一撃が、見事に丑之助の胴を打ったのである。

栄三郎は思わず唸《うな》り声をあげたのを覚えている。

後にも先にも、剣術の立合であれほどの凄まじい抜き胴を見たことがなかった。

それは強い者同士が立合ったからこそ生まれた大技であった。

岸裏伝兵衛は、躍《おど》り上がりたい気持ちを懸命《けんめい》に抑え、ひとつ頷いた。

栗山丑之助はというと、自分に何が起こったのかよくわからぬまま、しばしその場に立ち竦《すく》んでいたが、

「お見事……。この身を真っ二つにされた心地でござる……」

やがて呟《つぶや》くように言うと、

「もう一本……」

さらなる立合を望んで、天地が割れるかのような連続技を新兵衛に打ち込んだ。

よくこれだけ打ちが続くものだというほどに、その攻めは凄まじかった。

丑之助は、常軌を逸《いっ》していた。

いや、狂うことで、彼は渾身《こんしん》の一撃をあっさりと胴で返された屈辱《くつじょく》を打ち払わんとしたのであろう。

そして、この時彼は、自分自身で、〝実は激しやすい気性〟であったことを思い知ったのである。

それまでは誰と立合っても、自分の想像通りに相手を負かしてきた。

ゆえに、焦《あせ》ったり、奮い立たずとも稽古を進められた。

ところが打ち負かされてしまうと、

「おのれ、小癪《こしゃく》な……」

目に物見せてくれると、破落戸《ならずもの》のような感情に支配されてしまう、もう一人の自分の存在に気付かされた。

——いや、自分はそんな醜《みにく》い剣客ではない。

落ち着かんとしても、感情は激してくる。

そして激しく容赦《ようしゃ》のない打ちを相手に与える。とにかく憎き松田新兵衛を叩き伏せるしか、気持ちの昂ぶりを抑えることは出来なくなっていたのだ。

とはいえ、容易《たやす》く打ち負かされる新兵衛ではない。

激しい攻めには、激しい攻めで応《こた》える。攻めを防御として、

「ええいッ！」

雄叫《おたけ》びと共に、己が間合を取り戻す。

誰もが思わずうっとりと見入ってしまう立合が、しばし繰《く》り広げられたのだ。

やがて二人が、飛び下がって互いに構え直した時、

「それまでといたそう。いや、真に見事でござった……」

伝兵衛が立合を止めたのである。

丑之助は憑《つ》き物が落ちたかのようになり、

「ありがとうございました。己が身のほどを本日知りましてござりまする」

伝兵衛と新兵衛に深々と一礼をすると、精根《せいこん》尽き果てたのであろうか、

「また、稽古をお願いしとうござりまする」

そそくさと岸裏道場を辞去《じきょ》したのであった。

栄三郎は物足りなさを覚えたが、どんな時にでも平然としている松田新兵衛が、この時は肩で息をしているのを見て、

――あの後で栗山丑之助殿と立合《たちお》うていたら、殺されていたかもしれぬ。

と、思い直したのを覚えている。

それから、栗山丑之助が岸裏道場を訪れることはなかった。

岸裏道場からの帰り際、丑之助は何やら二言三言新兵衛に笑顔で投げかけていたし、新兵衛宛《あて》に文《ふみ》が届いたこともあったようだ。

そこから察すると、自分の未熟、思い上がりに気付かせてくれた松田新兵衛を、栗山丑之助は、ありがたき好敵手と見て、またいずれ相まみえる日を望み楽しみにしていたようだ。

無口で己が力を一切《いっさい》誇らぬ新兵衛である。丑之助にどんな言葉をかけられたのか、どんな文をもらったのかは一切語らなかったし、親友の栄三郎とて訊《たず》ねたりはしなかった。

ゆえに二人の間にはどのような想いがあったかは知れぬままに、栗山丑之助との縁は途絶えてしまった。

岸裏道場を訪ねた一年後。丑之助は昌平橋《しょうへいばし》の西方、神田川の岸辺で何者かと果し合いをして落命したのである。

「三上玄斎先生の娘婿ってえのは、そんなお人だったんですねえ……」

そこまでの調べはつかなかったと、又平は話を聞いて嘆息《たんそく》した。

「葬儀には行ったような気がするが、栗山丑之助に女房子供がいたことは、まったく覚えていなかったよ……」

栄三郎は当時を思い出して、感慨深げに頷いた。

あの丑之助に忘れ形見《がたみ》がいて、高名な医師の孫として三上家に身を寄せている。

そして立派に成長した今、新たに完成した岸裏道場の稽古を覗いていたのである。

「これは放っておけねえな……」

幼い市之助がじゃれついてきても、この日ばかりは上《うわ》の空《そら》の栄三郎であった。

四

「どうじゃな？　剣術の稽古の方は……」

朝餉《あさげ》の席で、祖父・三上玄斎が問うた。

「はい。それほどおもしろいものではございませぬ」

茶を飲んでいた手を止めて、壮之介は静かに応えた。

「左様か……」

玄斎はにこやかに壮之介を見て、

「まあ、そなたも武士じゃ。心得じゃと思うて一通り修めるつもりでいればよい」

諭すように言った。

医師になるべく学問を積む壮之介が、いかに成績優秀か、玄斎はよくわかっている。

とはいえ、武士の子が学問一筋で、まるで腕が立たないというのも恰好《かっこう》が悪かろう。

ましてや壮之介の亡父・丑之助は神道無念流の遣い手として名を馳《は》せた武士なのだ。

それゆえ玄斎は、愛孫を神田須田《すだ》町に道場を構える馬庭念流《まにわねんりゅう》の剣客・村松門《むらまつもん》蔵《ぞう》の許に通わせている。

月に五度ばかりであるが、今日がその稽古日に当っていたので、稽古の様子を訊ねてみたのだが、

「それほどおもしろいものではございませぬ」

という壮之介の応えに、玄斎は安堵《あんど》を覚えていた。

医師としての学問を修めることに夢中で、剣術稽古にはそれほど身が入らないのであろうと、解釈したからだ。

「まず何ごとも若い間は身に付けることじゃ。医者というものは、あらゆる教えに通じている、それが何よりじゃゆえにのう」

「はい。では、行って参ります……」

壮之介は、ぽつりと応えて家を出た。

「稽古場を替えたいと思っているのではありませぬか?」

玄関を出たところで、母・多賀《たが》に呼び止められた。

壮之介は一瞬、ぎくりとしたが、

「はい。替わりとうございます」

きっぱりと応えていた。

「なりませぬぞ」

多賀もまたきっぱりと、壮之介に言い放った。

「医者になるには、村松先生に習うのがちょうどよいと、御祖父様《おじいさま》は申されたはず。ゆめゆめ道を誤らぬようになされませ」

言い切る多賀の顔には、有無《うむ》を言わさぬ厳《きび》しさが漂《ただよ》っていた。

壮之介は、黙って頷くとそのまま外へと出た。

――やはり母はわかっている。

壮之介は苦《にが》い顔をした。

今の剣術稽古が彼にとって、おもしろくないのは本心であった。

――道を誤らぬように、か。

何が正しい道なのか。壮之介はわからなくなっていた。

幼い時に剣客であった父が死んだ。

神田川辺《ほとり》で斬殺《ざんさつ》体として見つかったのだが、何者かと果し合いに及んだ上で、武運なく討ち死にしたとされた。

神道無念流にこの人ありと言われた剣客も、剣の遣い手にはあらゆる危険が付きまとい、真剣勝負となれば、紙一重のところで命を落すこともあるのだ。

死んでしまえば剣名が遺《のこ》ったとて、何の役にも立たない。

妻子がありながら、何ゆえ無謀な斬《き》り合いに身を置くのであろう。

祖父・三上玄斎も、その娘で丑之助の妻・多賀も大いに嘆《なげ》いたものだ。

そしてその嘆きは、壮之介の将来から剣客の道を奪い取った。

まだ体格が固まらぬ子供に、剣術への執着が生じぬうちに、壮之介には名医となるべき道を歩ませたのである。

壮之介は、母と祖父が自分にかけてくれた慈愛をありがたいことと受け止めた。

人を病や怪我から救う医術の尊《とうと》さは、壮之介に学びの意欲を与えてくれた。

そして、学問を修めることで、母と祖父の情に応えんとした。

その結果。

彼はどこの学問所でも、優秀な成績を収め、ひとつひとつ学問の質を高めていった。

近頃では新たに、本草学《ほんぞうがく》を修めんとして、三日に一度の割合で学問所に通っている。

自分自身、その手応えはある。

周りから誉められれば、ますます勉学にいそしまんとする気になる。

玄斎から、剣術を勧められた時もまるで気が進まなかった。

父が剣客として活躍していた頃をはっきりと覚えていない壮之介にとっては、自分が進むべき道は、医術の他にはないと思って疑わなかった。

かつて丑之助が開いていた道場には、丑之助の弟子であった、金剛太郎左衛門《こんごうたろうざえもん》なる剣客が新たに師範として入っているが、丑之助の死後しばらくの間は空き家になっていた。

もしも剣術道場で育ったなら、自ずと剣客の道に進んだかもしれない。しかし壮之介は医院で育った。

薬臭い診療所で遊び、祖父の手伝いをしながら大きくなった壮之介が、自ずと医師への道へ進んだのは当然の成り行きであった。

それでも、自分は武士の出である。医師になったとて、剣術を嗜《たしな》みとして身に付けておくべきだと祖父に言われて考え直した。

学問の才を開かせる聡明な壮之介は、己が人生の進む道を冷静に見られる青年へと成長していたのだ。

そうして、その想いを祖父にぶつけたところ、

「さもあろう」

と、玄斎が入門を決めてくれたのが、件の村松門蔵の道場であった。

多賀は、良人《おっと》が非業《ひごう》の死を遂《と》げた痛手から、なかなか立ち直ることが出来ず、それを思い出させる剣術道場へ行くことに難色を示したが、

「壮之介が申すことはもっともじゃ。学問においては誰にも後れをとってはおらぬのじゃ。体を動かし力をつけるのも、医者にとっては大事であろう」

と、娘を宥め、行かせてくれたのだ。

――だが、いくらなんでも、これは子供騙《だま》しではないか。

この日も、村松道場に行き稽古をした壮之介であるが、そんな想いは募《つの》るばかりであった。

馬庭念流という剣術は、人を倒すことを目的とせず、

「剣は身を守り、人助けのために使うものである」

というのが信条である。

村松門蔵はそれを前面に出した指導を行い、あくまでも守りを旨《むね》とする剣術を教えんとした。

ゆえに稽古は型稽古が中心で、門蔵が老齢ということもあり、防具を着けての立合などは、月に一度申し訳程度にするだけであった。

厳しい稽古を避け、目録《もくろく》などを得て身の飾りにしておきたい武家の子弟にとっては恰好の稽古場であろう。

「当流は、争うことを善《よし》とはいたさぬ。そこをようわきまえられよ」

老師は、その教えを何度も口にして、型稽古によって流儀の理念を説く。

「壮之介殿は、学問にすぐれていると聞くが、さもあろう。こなたは型の意味や理《ことわり》を、ようわきまえておいでじゃのう」

そして壮之介の剣技を称える。

初めのうちこそ、自分には剣術の才も備わっていると喜びを覚えたが、

——これでは、物好きの剣術道楽がする、遊びの稽古と変わりがないではない

か。

今ではそう思えてきた。

剣術は理念ばかりを追い求めたとて詮《せん》なきことだ。

剣は身を守り、人を助けるために使うものだというが、それも強くならねば出来ぬはずだ。

強くなるためには実戦が必要であろう。

型ばかり上手になっても、いざとなれば相手は型の通りに打ってはくれまい。

とはいえ、それを師に訴えたとてどうなるものではない。他の門人達も、嗜みを身に付けんとしてきている者達ばかりである。

馬庭念流とて、防具を着けての激しい立合稽古をしている道場は多々あるのだが、ここで稽古を望むのは、そういう強くなるための過程が煩《わずら》わしいからに違いない。

自分には医術がある。躍起《やっき》になって武芸を鍛《きた》える必要はないのだ——。

そのように割り切ろうと思ったが、今では型稽古を理念と共に完璧《かんぺき》に体に覚えさせた。それを基に誰かと激しく竹刀を交えたい想いが、日毎《ひごと》募るようになった。

そんな時に、本草学の講義に向かう道すがら、竹刀の打ち合う音と勇ましい掛け声が、壮之介の耳を捉えた。

音がする方へと自ずと足が向いた。そこにあったのが、岸裏伝兵衛なる剣客が開いている道場であった。

そっと武者窓から稽古を覗き見ると、足が釘付《くぎづ》けになった。

立合を見るのは初めてではなかったが、ここでは誰もが楽しそうにしながら、苦しい稽古に堪え、伸び伸びと技を繰り出している。

これこそが、自分が求める剣術であった。

そして、門人達を相手に稽古をつける偉丈夫の師範代らしき武士の、何と素晴らしいことか。

圧倒する強さをもって受け止め、次々とかかりくる者達の技を引き出し、そして叩き伏せる。それでもこの師範代に稽古をつけてもらう者はいずれも生き生きとしていて、叩き伏せられることに喜びを覚えているように見えた。

――ここに入門したい。

壮之介は即座に思った。

方々で訊《き》いてみると、その師範代が松田新兵衛なる剣客と知り驚いた。

その名を亡父から何度も聞かされていたからだ。まだ幼い頃であったが、

「父は剣をとっては誰にも負ける気はせぬが、松田新兵衛という男だけには敵《かな》わぬ。何としてもきゃつに勝ちたいものじゃ……」

自分に言い聞かせるようにして、壮之介に語ったことがあったのを覚えている。

父は気が散るので、幼い壮之介を稽古場に連れていこうとはしなかったし、

「壮之介がしたくなればすればよいのだ」

と、あえて息子に剣術を仕込もうとはしなかったらしい。

「剣客など一代限りでよい。壮之介には三上先生の跡を継ぐ道もあるのだ。その方が倅にとっての幸せかもしれぬ」

そのように話していたとも母からは聞いた。

ゆえに壮之介は、丑之助と剣術についてまともに話した思い出はないのだが、松田新兵衛という強い武士がいることだけは、記憶の中に残っていたのだ。

――すぐにでも道場を替えたい。

この日も村松道場でのおもしろみのない稽古を終えて外へ出ると、岸裏道場への想いが募った。

——だが、その話をすると母は悲しむであろう。

とどのつまりは、黙って今の暮らしを続けるしかないのであろうか。

文武共に優秀であるからこその悩みは、壮之介の心と体に大きくのしかかっていた。

「おや、これはまた精が出るな……」

往還《おうかん》に出たところで、壮之介を呼び止める声がした。

——嫌《いや》な奴に会《お》うてしもうた。

声の主は、金剛麟之助《りんのすけ》という若き剣客であった。

彼は栗山丑之助が開いていた道場で、新たに道場開きをした金剛太郎左衛門の弟であった。

かつて丑之助がそうであったように、現在、神道無念流にあって天才と謳われ、岡田十松の撃剣館の門人達からも一目置かれている。

壮之介とはそもそも何の面識もなかった。だが、麟之助は子供の頃、丑之助に憧れていて、目標にしていた剣客の息子が神道無念流にいないのが不満であるらしい。

そして、壮之介が馬庭念流の道場に通っていると聞きつけ、

「栗山壮之介殿とお見受けいたした……」

麟之助は待ち伏せるようにして名乗りをあげたのである。

そして、栗山丑之助の息子たるものが、こんなところで剣術の真似《まね》ごとをしていてよいものか。かつては壮之介が暮らしていたあの道場に来て、共に剣を磨こうではないかと、金剛道場への入門を勧めたのだ。

「お心遣いは嬉しゅうござりまするが……」

壮之介にも都合があるのだ。これを丁重《ていちょう》に拒《こば》んだのだが、

「よう考えなされ」

麟之助は不満を顕《あら》わにして、その後、二度にわたって壮之介の前に現れ、考え直すように迫ってきた。

そしていつまでたっても色よい返事をせぬので、苛ついてきたのであろう。

村松道場からほど近い大名屋敷への出稽古に行きがてら、今日もまた声をかけに来たようだ。

「これは金剛先生……」

壮之介は畏《かしこ》まってみせた。

「先生などと言うてくれるな。兄の手伝いで出稽古などに参るが、おれはまだま

だ一人の剣客として、腕を磨いている最中でな」

　麟之助はそう言いながらも、若い門人二人を従えて、すっかりと先生気取りに見える。

「そろそろ考えはまとまったか？　栗山丑之助先生の忘れ形見ともあろう者が、あのような老いぼれに、いつまで習《なろ》うているのじゃ」

　その姓の通り、金剛力士のようなたくましい体を揺すりつつ、厳しい表情で麟之助は問うてきた。

「今の稽古で満足なのか？」

「いえ、満足はしておりませぬ」

「ほう、それはよい。少しは考えも改まってきたようだな」

「さりながら、某《それがし》にも事情がござりまする。気に入らぬからとて、すぐに稽古場を替えるわけにも参らぬのです」

「うむ、さもあろう。ふふふ、それならば、その事情とやらが片付くのを待っているぞ」

　壮之介の気持ちが、金剛道場へと傾いたと思ったのであろう。

　麟之助は満足そうに頷いて、

「おれがしっかりと鍛えてやろう」

颯爽《さっそう》とその場を立ち去った。

壮之介には、何とも言い難い不快が残った。

すると、その気持ちに風穴を開けるがごとく、

「いけすかぬ男だなあ……」

今度はどこか剽《ひょう》げた男の声が、壮之介を捉えた。

声の方を見ると、四十絡《がら》みの剣客風の武士が傍《そば》に立っていた。

壮之介は、戸惑いながら、

「いずれかでお会いしましたでしょうか……」

男の顔に見覚えがあるような気がして頭を下げた。

「会ったといえば、会ったような……」

剣客風の武士は、にこりと笑った。

麟之助とは大違いで、引き込まれてしまうような笑顔であった。

「岸裏先生の道場で、二度ばかりすれ違《ちご》うたことがござった」

「岸裏先生の……」

「うむ。某は岸裏伝兵衛先生の弟子で、秋月栄三郎と申す……」

五

それからすぐに打ち解けた二人は、馬鞍横町の茶屋でしばし語り合った。

秋月栄三郎もまた、話によっては栗山壮之介を岸裏道場に勧誘しようと思って、その姿を求めたわけだが、金剛麟之助の登場によって、声をかけやすくなったというものであった。

栄三郎も剣客の端《はし》くれである。

金剛麟之助という、売り出し中の若き剣客がいることは聞き及んでいたのだが、見かけた時の様子といい、壮之介から知らされた話から考えても、今は、

「おかしな奴に見込まれたものだな」

と、慰《なぐさ》めるしかなかった。

その上で、壮之介の亡父・栗山丑之助についての思い出を語り聞かせて、

「そなたは、親父殿から松田新兵衛の話を聞かされていたのかな?」

と、訊ねたものだ。

「はい、それはもう……。わたしの父についての数少ない思い出のひとつにござ

りまする」

壮之介は、想いを熱く語った。

医師への道は開かれてはいるが、自分の体の中に、剣術への欲求が日増しに高まってきていること。

かつては本所にあったという岸裏伝兵衛の道場が、本材木町に新たに出来ていて、そこが本草学の学問所とほど近く、偶然に新兵衛の雄姿を見て、ただならぬ因縁を覚えたこと……。

もう十五年以上前に、丑之助が岸裏道場で松田新兵衛と立合い、見事に一本取られて悔《くや》しがった。

そこに秋月栄三郎もいた事実は、壮之介をますます興奮させた。

「つまるところ、壮之介殿は、新兵衛に剣を学びたいのだな」

「はい。学びとうござりまする」

「だが、お袋殿は許さぬのでは？」

「恐らくは……。しかし、今のわたしは、医術を極《きわ》めるより、剣術を極めとうございます。これまで学んできた剣術が、いかほどのものなのか確かめとうございます」

「左様か……」

栄三郎はしばし沈黙した。

誰と立合ったか知れぬままに、斬り死にを遂げた栗山丑之助であった。

妻女の多賀は、立派に医師としてやっていける壮之介を、その二の舞にしたくはないと強く思っていることであろう。

それが、丑之助が唯一《ゆいいつ》勝てなかった松田新兵衛を師と仰ぎ、剣術に打ち込むと言えば大いに嘆くであろう。

恐らく多賀は、壮之介には丑之助の血が色濃く流れていて、何かの拍子に学問を捨て剣の道に進んでしまうのではないかと、いつも不安を覚えていたはずだ。

思えば天才と謳われ、順風満帆の剣客人生を歩んでいた丑之助が非業の死に至ったのは、新兵衛に敗れたのがひとつの契機となった感がある。

それからの丑之助は、さらなる精進を誓い、狂ったような勢いで稽古に励んだという。

剣風も荒々しくなり、いつか誰かと衝突するのではと危惧《きぐ》していた者もあったらしい。

まだ幼かった壮之介が新兵衛の名を覚えていたくらいであるから、丑之助は家で新兵衛のことを何度も口にしていたはずだ。

多賀がどのような印象を持っているか知れたものではない。

名医の誉《ほま》れが高い三上玄斎の後継者として生きる方が、どう考えても安泰であろう。

良家の子弟を門人に加えれば、少しは岸裏道場のためになろうと考えて、壮之介を勧誘してやろうとしたが、あれこれ話を聞くうちに軽々しく言えなくなってきたのだ。

それでも壮之介は、

「秋月先生、松田先生にお取り次ぎ願えませんでしょうか。わたしが直《じか》にお願いに上がるより、お口添《くちぞ》えいただいた方が心強うございます。その上で、入門が叶《かな》いますれば、秋月先生にも御指南願いとうござりまする」

栄三郎に真《ま》っ直《す》ぐな目を向けてきた。

あの栗山丑之助の息子である。佇《たたず》まいを見ただけで、彼が剣才を秘めていると断言出来る。

しかし偉大な父を持ちながらも、早くして死に別れてしまえば、剣術を本格的に始めることすら容易ではない。

栄三郎にはその姿が不憫《ふびん》に映った。

松田新兵衛が、栗山丑之助の忘れ形見を育てる。それに自分も関《かか》わることが出来たら、どれほど楽しかろう。

剣客を志して大坂から江戸に出てきたものの、武士の権威と保身に振り回される剣術界に嫌気が差し、一線を退き市井《しせい》に埋没してきた栄三郎である。

今さら晴れがましいところへの欲はないが、自分達の下の世代が剣を志し、道を切り拓かんとする姿を見ると、眠っていた剣への想いが沸々と湧いてきた。

栄三郎は姿勢を正して、

「そなたの想いはようわかった。お手伝いを致そう」

「真でござりまするか」

「うむ。松田新兵衛は好《い》い男だが、なかなかに気難しゅうて堅苦しいところがあるゆえ、心してかからねばならぬ。すんなりといくかどうかはわからぬが……」

「委細お任せいたしまする」

「心得た。だが、金剛麟之助は、そなたが気楽流に学べば怒るであろうな」

「恐らくは……」

壮之介は、これまで麟之助に対して腹に一物を抱えていたのであろう、

「あの御仁は、栗山丑之助の忘れ形見を道場に置くことで、またひとつ評判をとりたいのでしょうが、師や兄弟子として敬うことなどできませぬ。勝手に怒らせておけばよいのです」

吐き捨てるように言った。

「ふふふ、壮之介殿は、なかなかに世間をわかっておいでじゃな」

栄三郎はにこやかに相槌《あいづち》を打った。

壮之介の母は、息子を神道無念流から遠ざけようとしている。

それは未だに神道無念流の剣士達の中で、栗山丑之助の伝説が語り継がれていると見ているからだ。

天才と言われた太刀捌《さば》き、人を惹《ひ》きつける立居振舞。そして、謎《なぞ》の討ち死にを遂げた神秘。

色んな事柄が合わさって、丑之助は神格化されている節がある。

その息子である壮之介を擁《よう》する道場は、人目を引くであろうし、新たな伝説を作りあげれば、門人も増えると算段しているに違いない。

息子を人寄せに使われてなるものかという想いが、多賀には強くある。

壮之介は、その辺りの事情も、よくわきまえた上で、金剛麟之助の誘いには乗らずにいるのだ。

となれば、今は壮之介を岸裏道場に入門させるにあたっては、多賀をうまく言いくるめて納得させることが何よりも大事であろう。

「母は、わたしが何としても説き伏せまする」

「それについてはいつでも相談に乗ろう」

栄三郎は、そのように告げて壮之介と別れた。

二人共に昂揚《こうよう》感に包まれていた。

松田新兵衛が、あの栗山丑之助の忘れ形見を、自分達以上の剣士に育てあげる。

考えただけでも胸が躍る。

何かと融通の利《き》かぬ男ではあるが、長年の知己である。三上玄斎と多賀への配慮さえ忘れなければ、壮之介への指南を断りはすまい。

栄三郎は勇んで岸裏道場へ出向いた。

日は暮れて、稽古場に門人はいなかった。

「先生……、よくぞお越しくださいました」

お咲が栄三郎の姿を捉え勢いよく出迎えた。

「ほう、珍しいことがあるものじゃ」

岸裏伝兵衛がにこやかに稽古場から栄三郎を見た。もう完全に風邪は治ったようだ。

「ちょうど門人達との稽古がすんだところだ。ひとつやるか……？」

下座から松田新兵衛が声を弾《はず》ませた。

「いや、稽古に来たのではのうて、ちと両先生に話があって参りました」

栄三郎は頭を掻《か》きつつ言った。

「話？　取次屋の手伝いなら御免だぞ」

新兵衛は仏頂面《ぶっちょうづら》で応えた。

四十になって、以前よりも剣に対する意欲が栄三郎に戻ってきたように思っていた新兵衛は、とにかく栄三郎と稽古がしたいようだ。

「取次屋の手伝いを、わざわざ道場にまで頼みに来るはずがなかろう」

栄三郎は伝兵衛の前に畏まって、

「先生、こちらに入門を望む者がおりまして、今日はその取次に参りました」

「ほう、栄三郎が口を利くというのならば是非《ぜひ》もあるまい」

「ありがとうございます。その者は、特に新兵衛に鍛えてもらいたいと申しております」

「ここに入門すれば、自ずとそのようになるであろうが、新兵衛に鍛えてもらいたいとは、なかなか骨のある男じゃな」

伝兵衛は楽しそうに言った。

近頃では、この道場は松田新兵衛が師範を務め、自分は隠居のつもりで稽古を見守りたいと言い出している伝兵衛である。栄三郎がこのような話を持ってくることが嬉しかったようだ。

「はい、それはもう骨はありましょう。何と申しましても、栗山丑之助の忘れ形見でござりまするゆえ」

「なに？　栗山丑之助……」

伝兵衛は、その名を聞いて口をあんぐりと開け、まじまじと栄三郎を見つめた。

「いかがでござりましょう？」

栄三郎は、してやったりの表情で問う。

「さて、それはおもしろそうだが、新兵衛次第じゃな」

伝兵衛は、新兵衛に目をやった。

新兵衛はニコリともせずに、栄三郎を睨《にら》むように見て、

「栗山丑之助の子供が、何ゆえおぬしに仲立ちを頼んだのだ?」

「まず、これには色々とわけがあってな」

栄三郎は、お咲が稽古場の隅《すみ》で、何ごとかと見守る中、威儀を正してこれまでの経緯《いきさつ》を語った。

その間、新兵衛はじっと目を閉じて聞き入っていたが、やがて口を開いて、

「栗山壮之介がおれを見込んでくれたのはありがたいが、その話は断る」

新兵衛はきっぱりと言ったのである。

六

「先生にもお話ししてはおりませなんだが、あの日、栗山殿と立合うた後、密《ひそ》かに仕合の申し入れがあったのでございます」

松田新兵衛が回顧するところによると、岸裏伝兵衛は、立合で新兵衛に強烈な胴を決められた丑之助が、悔しさが募って仕合を申し込んでくるのではないかと思い、

「また、実のある稽古をいたしましょうぞ。他流との交誼《こうぎ》はそれが何よりでござる。勝ち負けではござるまいて」

今日のことはただの稽古であり、丑之助が新兵衛に負けたわけではない。意地になっての他流仕合に意味はないと、釘を刺したのである。

気楽流の師範にそう言われれば、無理押しも出来ない。丑之助は黙ってそれに従ったのであるが、

——あれほどまでにできる相手と雌雄《しゆう》を決したい。

若き天才剣士ならば、その想いが日毎募ってくるのは無理からぬことだ。

といっても伝兵衛の言葉に正面から楯《たて》を突くわけにもいかず、そっと遣いをやって非公式での立合を望んだのだ。

新兵衛はその申し出を断った。

しかし、新兵衛もまた二十代の半《なか》ばの、熱くなりやすい頃であった。彼の心の内で神道無念流の天才剣士に、目の覚めるような胴を決めた興奮はなかなか収まらなかった。

あの時は咄嗟《とっさ》に技が出たものの、仕合となれば同じようにはいくまい。

栗山丑之助の太刀捌きは、新兵衛が立合った誰よりも鋭かった。さすが名にし

負う剣客である。彼との立合はもう未知の領域に入っていた。

生真面目《きまじめ》で朴念仁《ぼくねんじん》と言われてきた新兵衛だが、剣に対してはひたすら貪欲《どんよく》で、師の戒めも耳に入らないことがある。

新兵衛は、丑之助からの誘いを初めのうちは断っていたが、ついにこれを受けた。ならば二人だけで仕合をしようと約したのである。

場所は丑之助が指定してきた、空き家の道場の小さな稽古場であった。

そこは向嶋《むこうじま》の小梅《こうめ》村にあり、本所番場《ばんば》町の岸裏道場に内弟子として暮らしていた新兵衛にとってはありがたいほど近さであった。

日時も、新兵衛が動ける日に合わせてくれた。

こうして密かに段取りを整《ととの》えた二人は、共に男女の逢瀬《おうせ》以上の胸の高鳴りを覚えつつ、素面《すめん》での仕合に臨んだのだ。

「こ奴め、ぬけぬけとそのようなことをしておったとは……」

伝兵衛は楽しそうに笑った。

師匠の目を盗むのは秋月栄三郎のおはこであっただけに、真面目一筋で融通の利かぬ新兵衛が、そのような仕合をしていたのが頰笑《ほほえ》ましかったのだ。

「おれの陰に隠れていたわけだな」

栄三郎も、からかうように言うと、新兵衛は咳払《せきばら》いをひとつして、伝兵衛に座礼をした。

「申し訳ございませぬ……」

「いや、いこうおもしろい話じゃ。して、仕合はどうなった？」

伝兵衛は、栄三郎と共に身を乗り出した。稽古場の隅にいたお咲は、既《すで》に込み入った話と見てとり、姿を消していた。

「勝負はつかぬままに終りましてございまする」

「左様か……」

「観《み》てみたかったものでございまするな」

伝兵衛と栄三郎は、思い入れたっぷりに頷いた。

その日。

二人は素面で稽古場において対峙した。

夏になろうとしていた日暮れ時であった。

二人は、しばし構えたまま動かなかった。

仕合への想いは、新兵衛、丑之助共に、言いようがないほど深いものがあった。

寸時も惜しみ、仕合に没頭したかった。

これほどまでに、構えがぶれず、竹刀に真剣を投影させられる剣士がいたとは――。

互いに相手を認め、それによって己が力量を確かめんとする至福を、二人以外の誰が知ろうや。

「えいッ！」

「やあッ！」

やがて二人は、裂帛の気合をもって技を繰り出した。

竹刀を振りかぶれば、それを下から狙《ねら》い打ち、そうはさせじと相手の竹刀を叩き、さっと間合を切る。

丁々発止《ちょうちょうはっし》の攻防は、恐ろしいまでの剣気を稽古場に漂わせ、七度続いた。

そうして、二人は再び長い対峙に戻った。

やがて、互いの表情に苦笑いが浮かんだ時、どちらが言い出すでもなく、

「これまでとしよう」

「心得た……」

という、終りを告げる言葉が出ていた。

仕合を竹刀による果し合いと見立て立合ったが、もう互いに技は出せなくなっていたのである。

練達者ゆえに相手の意図が読め、攻めも守りも一致する。

この仕合は、何《いず》れかが死ぬまでするものではない。己が技量を確かめる、稽古のひとつなのだ。

「うむ！　それで互いに竹刀を納めたか」

伝兵衛は膝《ひざ》を打った。

「畏《おそ》れ入りまする……」

新兵衛は深々と頭《こうべ》を垂れた。

互いの実力を認め合えば、それでよかった。

あの日、新兵衛が丑之助相手に決めた一本は、稽古の立合においての時の運というもので、新兵衛が丑之助よりも一段優《すぐ》れていたわけでもない。

常勝を続け、世間から天才の名をほしいままにしていた丑之助に生じた一瞬の隙を、同格の新兵衛が衝《つ》いた——。

それがわかれば、新兵衛も驕《おご》ることなく日々の稽古を積めばよいし、丑之助はその隙を埋めるよう努力すればよいのだ。

こうして二人は、この日の秘密の仕合を胸に秘め、互いにまたそれぞれの流儀において稽古に打ち込んだのであるが、

「丑之助殿は、わたしと違い、己が油断ゆえ後れをとったことに気付いたわけで、それがいたく悔やまれたようにござりまする」

丑之助との間に友情が生まれた感があったが、丑之助は剣客としての不心得を恥じたのか、その後は身を律する意味を込めて荒行を己に課したようだ。

そっと様子を窺うと、厳しい稽古についていけなくなった門人の中には、

「先生は人変わりしたように思える」

と、道場を去る者さえ現れた。

まだ若い頃に道場を開いた丑之助は、師範代にかつての相弟子を迎えていた。

この面々もまた、己が修練に固執《こしつ》して、道場師範の立場を忘れ、顧みなくなった丑之助と袂《たもと》を分かち、彼の傍から離れていったという。

これはもちろん新兵衛のせいではないのだが、自分の剣が少なからず、人の暮らしを変えてしまったことに、いささか気持ちの悪さを、新兵衛は抱いていた。

そのような矢先に、丑之助は謎の死を遂げてしまった。

己が剣の成果を上げようとして、あらゆる模索を続けるうちに、丑之助は果し

合いに挑んだのではなかろうか。

果し合いといっても、松田新兵衛と密かに二人だけの仕合をしたような爽やかなものであるとは限らない。

命惜しさに卑怯《ひきよう》な手を使い、騙し討ちにする者とてあろう。

丑之助は、その闇《やみ》に思わず足を踏み入れてしまったのではなかったか。

新兵衛はそのように栗山丑之助の死を受け止めていた。

葬儀の日は、伝兵衛に栄三郎と陣馬七郎が供をした。新兵衛は、伝兵衛の遣いを兼ねてそれに先立って通夜に出向いた。

そこで新兵衛は、丑之助の妻女・多賀に呼び止められて、

「いつか松田新兵衛殿に勝てるようになりたい、あの人はそのように申しておりました」

と、告げられた。

彼女の向こうでは、まだ父親の死を受け止めきれず、無邪気に戯《たわむ》れ門人達に構ってもらっている幼い壮之介の姿があった。

「御子息でござるか？」

新兵衛は改めて悔やみを言うと、壮之介の姿を見ながら問うた。

するとと多賀は、

「はい。壮之介と申します。あの子には医者になってもらうつもりにござります る」

はっきりと応えた。

「左様でござるか……」

新兵衛は、多賀の言葉に、

「この子だけは、剣客などという、いつまでも行き着く先の定まらぬ道を歩ませとうはござりませぬ」

という悲痛な叫びを聞いたような気がした。

「それが何よりかと存じまする」

そして、きっぱりと応えたのである。

「とは申しましても、栗山丑之助の血があの子に流れておりますれば、どうなりますことやら……」

多賀は新兵衛の言葉によって、幾分《いくぶん》元気を取り戻し、朗《ほが》らかな母の顔となった。

新兵衛は、丑之助の死に無常を覚えていたから、医師にしたいという母親の気持ちを理解出来た。あれだけの剣客の息子となれば、周りからも好奇の目で見られよう。

まだ幼い息子に、これから剣客の修行をさせることはあるまい。

周りの大人がうまく導いてやりさえすれば、この子は立派な医者となろう。

世の中には、剣客より名医の方が役に立つはずだ。その想いを込めて、

「母の意見を聞かぬとなれば、その時は某が意見をいたしましょう」

多賀を労《いたわ》るように告げたのである。

伝兵衛と栄三郎は、何も言えなかった。

通夜の席で、新兵衛が丑之助の妻女とそんな話をしていたとは知らなかった。

丑之助との秘密の仕合を考えてみても、新兵衛が壮之介の指南など出来るはずもなかったのである。

七

秋月栄三郎は頭を抱えた。

無二《むに》の友の松田新兵衛が、自分の知らないところで一人の剣客と、僅《わず》かな間に

しろ深い心の交流を果していたことが、少しばかり妬《ねた》ましかった。

それと同時に、栗山壮之介に間を取り次いでやると胸を叩いたことが悔やまれた。

既に壮之介からは、母親の反対は聞かされていたので、何とかそこをうまく乗り切らねばならないと思っていたが、

――その母親に、新兵衛がそんなことを言っていたとは知らなんだ。

これではどうしようもないではないか。

相変わらず、いらぬお節介を焼いてしまって、結局自分の首を絞めてしまう。

新兵衛から、栗山丑之助との過去を聞かされ、きっぱりと壮之介の指南を断られると、さすがに、

「この度ばかりは、取次は断るしかない」

潔《いさぎよ》く壮之介に詫《わ》びようと思った。

だがそれにしても何と言って納得させればよいのであろう。

新兵衛がかつて密かに丑之助と仕合をしたことを打ち明け、丑之助の母が通夜の席で、新兵衛と約したという話の内容を聞かせれば、壮之介も分別するであろう。

だが、壮之介とて武士の息子である。

父が成し得なかった剣客としての高みに到達したい。そう思ったとて何もおかしくはないはずだ。

丑之助の二の舞を踏ませたくない親心はわかるし、新兵衛の後味の悪さもわかる。

だが、壮之介の生き方を、人生の指針を誰も邪魔することは出来ないであろう。

大人が青年の幸せを、こうだと決めつけてよいものではない。

手習い道場に帰ってから、愛息・市之助をあやしながら久栄の酌《しゃく》で酒を飲み、網焼《あみやき》にした茄子《なす》に舌鼓《したつづみ》を打つ。

栄三郎にとっては至福の時であるが、その間も壮之介のことが頭から離れなかった。

夫の異変に気付きつつ、久栄は何も問わない。

妻に打ち明けて話をつきつめるのも面倒だ。

栄三郎の胸の内など、久栄はまるでお見通しであるし、こんな時はそっとしておくに限ると、彼女は思っているのだ。

栄三郎は、妻の態度がありがたいが、不満も湧いて出る。

あれこれと妻から己が屈託を問われ、面倒がりながらも話したい、男の身勝手さをわかって欲しいのだ。

噛《か》み合わぬ夫婦の会話は、子が埋めてくれる。

市之助が俄《にわか》に奇声を発して、部屋を駆け回った。

「久栄……」

「はい」

「おれは、手習い師匠などしているが、剣客の真似ごとをしながら、取次屋などという時に危ない目に遭《あ》う仕事をしている」

「近頃は危ないことは控えてくださっているようですが」

「ははは、歳をとって臆病《おくびょう》になったわけだ。だが、この先何が起こるか知れたものではない」

「先行きに何が起こるかわからないのは、皆同じではございますまいか」

「うむ。そうだな。といって、市之助が大きくなった時、おれの真似をしたがったら嫌ではないか?」

「さて……、心配するとは思います」

「その時、おれがこの世にいなかったら、気がねがないゆえ、やめさせたくなるだろうな」

「この世にいない、などと……」

「たとえばの話だ」

「やめてくれ、と言うかもしれません」

「で、あろうな」

「でも、やめてくれと言って、市之助がやめてしまったら、それはそれでどこか寂《さび》しくなるでしょうね」

「市之助の身を案じる余り、出過ぎたことをしたと思うのかな」

「それもありますが、市之助が栄三さんのようになりたいと言い出せば、それはそれで嬉しゅうございますから」

「左様か……」

「栄三さんの子が、栄三さんのようになりたいと言うのですよ。女としては嬉しいではありませんか」

久栄は市之助を捕えて膝に乗せると、頬《ほお》を赤らめた。

「そのようなものかな？」

「はい」

応える久栄の目は、しとど涙で濡《ぬ》れている。

「おい、泣くやつがあるか」

「申し訳ありません。どういうわけか、泣けてきて仕方がないのです」

暴れる市之助を抱きしめながら、久栄はしばし笑い泣きをした。

「ははは……、好い夜だな……」

確かに久栄の言う通りだ。

先行きに何が起こるかわからないのは、皆同じなのだ。だからこそ、狂おしいまでに人は人を思いやり、案ずるのであろう。

だが同時に人は、儚《はかな》さや切なさがいかに人を美しくするかも知っている。

美しいものを眺めていたい欲望と共に。

栄三郎は、妻と子を見ながら、その景色を肴《さかな》に酒を飲んだ。

そのうちに、この度の取次をいかに進めるかの答えが見えてきたような気がした。

八

十日が過ぎた。

夏は盛りを迎えていた。

秋月栄三郎は、朝早くに松田新兵衛からの呼び出しを受け、岸裏道場にいた。

木戸門を潜《くぐ》り、稽古場を横目に庭を突き抜けると母屋《おもや》がある。

かつて本所番場町にあった頃と、まったく同じである。

栄三郎が、懇意にしている田辺屋宗右衛門《そうえもん》が家主であり、すべては娘のお咲と、岸裏伝兵衛一門のために建ててくれたのだが、ここに来る度に栄三郎は、ほのぼのとした気持ちになる。

稽古場の拵《こしら》え場に続く一間《ひとま》は書院で、来客を迎える部屋となっているのも昔のままである。

今、ここで対面する松田新兵衛の、栄三郎に対するちょっと怒ったような顔は、何年たっても同じである。

栄三郎には、呼び出された理由はわかっている。それについては師の岸裏伝兵衛も新兵衛に一任していて、今頃は自室にいてニヤニヤと笑い顔を浮かべていることであろう。

「昨日、栗山丑之助の妻女がおれを訪ねてきた」

栄三郎の顔を見るや、新兵衛は開口一番詰《なじ》るように言った。

「そうか、ははは、それは重畳《ちょうじょう》」

「何を納まっている。おぬしはまた動いたな」

「ああ動いた。おれは栗山壮之介に肩入れをしているのでな」

「肩入れをするのは勝手だが、多賀殿を訪ねて何を言った」

「多賀殿から聞かなかったのか?」

「多賀殿は、自分の気持ちをおれに伝えに来たと言ったのだ。誰に何を言われたのでござるか、などと訊ねられるものか」

「なるほど、それはそうだな。さすがは新兵衛だ……」

「して、何と言ったのだ」

「大したことも言ってはおらぬ」

久栄が涙を浮かべたあの夜。栄三郎はどこまでも壮之介の想いに付合ってやろうと思い決めて、翌日に壮之介を本草学の学問所の前で捉え、彼の気持ちを確かめた。

そうして、壮之介がどこまでも松田新兵衛に鍛えてもらいたいという意志を示すと、そのまま多賀に会いに行ったのである。

栄三郎は堂々と三上玄斎の医院を訪ね、気楽流剣術指南・秋月栄三郎と名乗り、

「御子息に仲立ちを頼まれましたゆえ、申し上げます」

会うや否《いな》や一気に語った。

壮之介がこのところ何度か岸裏道場の稽古を覗き見ていて、不審に思い訊ねたところ、岸裏道場への入門を望んでいるとのこと。

自分と松田新兵衛は無二の友である。

すぐに新兵衛に諮《はか》ったところ、新兵衛は受け付けなかった。理由を問い詰《つ》めれば、丑之助の通夜に多賀と言葉を交わしたことを、新兵衛は未だに覚えていて、深く受け止めている由《よし》。

しかし、壮之介が父のような剣客になりたい。それについては、父が唯一敬意を抱いていた剣客に学びたいと考えるのは、大変美しい心がけだと自分は思う。

自分もまた、あの日、松田新兵衛と栗山丑之助の立合をまのあたりにして感嘆

した。

あれほどの剣客は見たことがなかった。

父のあとを追いかけたい息子の想いは、決して邪悪なものではない。立派なものだ。

また、不世出の剣客の血を総身に受け継いだのは、壮之介のせいではない。生んだ親の責任ではないか。

その血が、彼を剣客の道へと誘《いざな》うなら、それは仕方がない運命ではなかろうか——。

岸裏道場において松田新兵衛の相弟子であると聞けば、多賀は警戒するであろう。

それゆえ栄三郎は、多賀に考える隙を与えずにたたみかけたのである。

「そんな話を、いきなり訪ねてする奴があるか」

新兵衛は、そんなことだろうと思ってはいたが、余りにも唐突で不躾《ぶしつけ》ではないかと憤《いきどお》った。

「だから言っているだろう。おれは壮之介に肩入れをしているんだ。わからず屋の母親を説くのに、なりふり構っていられるか」

栄三郎は語気を強めた。

「それに新兵衛、何だお前は。いつからそんな気障《きざ》を言うようになったのだ」

「気障とはなんだ」

「気障ではないか。おれは剣客として生きてきたが、こんな生き方は人には勧められぬ。そんな風に恰好をつける奴のことを気障と言うのだよ」

こう言われると新兵衛は口ごもった。

男というものは、一旦こうと決めれば、それが茨《いばら》の道であるとわかっていても突き進むものではないのか。

お前が壮之介と同じ立場ならどうしたのだ。そのように投げかけられると一言もなかった。

栄三郎は、多賀に言いたいことを真っ直ぐに伝えて、

「この上は、壮之介殿としっかりと話をなされませ。貴女の良人に憧れる息子の想いに釘を刺してはなりますまい。そして、壮之介殿が師に望む松田新兵衛という男は、申し分のない剣術師範でござるぞ」

と、言い置いて別れたのである。

「う〜む……」

新兵衛は唸った。

栄三郎の言うことに分があると、彼は心から思っていた。

そして、いつもながらに栄三郎の真っ直ぐに心へ届く、自分への信頼と賛に、胸を締めつけられた。

栄三郎は、いつものごとく旧友を宥めるように、にこやかに言った。

「おれは間違ったことはしておらぬよ。栗山丑之助ほどの剣客の息子に指南ができるのは、松田新兵衛をおいて他に誰もおるまい。それに、お前は栗山丑之助の死には、自分との立合が少なからず影を落しているのではないかと思うているような。それならば、彼《か》の者の忘れ形見が同じ過ちをおかさぬよう、見守ってやればよいではないか。お前が断ったとしても、壮之介はきっとどこか他の道場へ通うことになるぞ。それならば、お前が面倒を見てやる方が、丑之助殿も喜ぶであろうよ」

新兵衛は、大きく息を吐いて、

「おぬしの言いたいことは、ようわかった」

声音を落ち着かせた。

「とはいえ、新兵衛にその気がなければ、この話はなかったものとなる。それゆえ、多賀殿に下駄《げた》を預けたのだが、それで多賀殿は何と言うてきたのだ？」

栄三郎の言葉に、多賀は随分と心を動かされたはずであるが、壮之介に医者を継がすのは三上家の願いでもある。わかりましたと納得するとも思えぬ。

多賀はあれから日々、壮之介と激論を交わしているに違いない。

かくなる上は、松田新兵衛にかけ合って、くれぐれも壮之介の願いはねのけてもらいたいと直談判《じかだんぱん》に来たのであろう。

栄三郎は、壮之介にはとことん母親と話し合うようにと告げていた。その上で、多賀が何かしら動けば、その時また次なる一手を打とうではないかと確かめ合ったのである。

十日ほどの間を経《へ》て、多賀は動いたようだ。

それだけの間、考え悩んだのであれば、この先の一手も何かしら打てるのではなかろうか。

ところが、新兵衛は小さく笑って、

「息子のことをよろしくお願いします、多賀殿はそう申された」

「え？　それは真か？」

栄三郎は肩すかしをくらわされたようになり、目を丸くした。

「ああ、真だ。我が子かわいさの余り、危ない道には行かさぬようにしてきたが、栗山丑之助の子が、父のようになりたいと思うのは当り前ではないか、若き日の良人と同じ顔をした壮之介を見ていると、そんな気になってしもうたと……」

考えてみれば、栗山丑之助との間に子を生《な》したのであるから、母親としてはその時に覚悟を持たねばならなかったのだ。

そうでなければ丑之助を良人と慕《した》った自分が許せなくなると多賀は言ったという。

「そうか。そう申されたか……」

栄三郎の脳裏に、目に涙を浮かべながら、我が子・市之助の将来に想いを馳せた久栄の姿が浮かんできた。

久栄との会話に納得させられて、多賀に談判に行ったのだが、彼女もまた母であり、女であった。

「多賀殿からは、他に何か言われなかったか？」

「壮之介を父よりも強い剣客にしてやってもらいたい」

「いいねえ。それから？」

「立合で負けても気にしない心の強さを持てるようにしてやってもらいたい」、「なるほど……」

「それともうひとつ。秋月栄三郎殿のような、無二の友を持たせてやってもらいたい……」

「ははは、そいつは照れるな」

「照れるような柄か」

「何と応えたのだ？」

「それだけは教えて持てるものではないと、はっきり言った」

「そうか。そうだな。ではとにかく、入門を認めてやったんだな」

「いや、まだだ。おぬしと話してからにしようと思うてな」

「もったいをつけるな。これからのお前にとって大事なのは、自分が強くなることよりも、師範として、どれだけの門人を育てられるか、ではないのか？」

「それはわかっている。栗山丑之助の忘れ形見を育てるのは楽しみだ」

「ならば、もうおれに話さねばならぬことはないだろう」

「ひとつあるのだ」

「何がだ？」

「栗山壮之介を鍛えるに当っては、五日に一度は必ずおぬしが付合うことを約せ」

「おれが? 天下無双の松田新兵衛がついていれば、おれなど要《い》らぬであろうが」

「おれはそれなりに剣を遣えるようになったかもしれぬが、教えることにかけては、おぬしの方が上手だ」

「何を言っているんだよ……」

「おれは、おぬしから、教え方を教わりたいのだ」

「おい、新兵衛……」

「それが嫌なら、おれは壮之介を教えるのは断る」

「わかったよ」

「来るか?」

「五日に一度だな。引き受けた」

「よし、話は決まった。栄三郎、せっかく来たのだ。稽古場で一汗かいていくがよい」

新兵衛はニヤリと笑って立ち上がった。

「おい……、そんなにおれに稽古をさせたいか……」

栄三郎はしかめっ面をしてみせたが、教えることにかけては自分よりも上だと新兵衛に言われると、何やら叫び出したくなるほど嬉しくなってきた。

庭から蟬《せみ》の鳴き声と共に、香ばしい風が入ってくる。

若き日への郷愁は、何故《なぜ》か知らねど夏の風情《ふぜい》で蘇《よみがえ》るのだ。

第二章　立合

一

「掛け札を掲《かか》げるのはまだ先のこととして、まず稽古《けいこ》に励《はげ》むがよろしい」

稽古場の見所《けんじょ》から、岸裏伝兵衛が声を掛けた。

「どうぞ、よしなにお願い申し上げまする」

緊張に肩を震わせつつ、栗山壮之介が座礼をした。

文化九年（一八一二）の夏。いよいよ彼は岸裏道場に入門を果した。

「望み通りに、松田新兵衛に鍛《きた》えてもらうがよい。何ぞの折には、わたしもまた指南をいたそう。訊《たず》ねたいことがあれば、いつでも声をかけてくれ」

「ははッ！」

「剣に行き詰《づま》った折は、秋月栄三郎に一杯飲ませてもらうがよい。栄三郎は、人の気うつを取り払うことにかけては、どの師範よりも達者であるからな。ははは……」

伝兵衛が豪快に笑うと、壮之介の緊張も幾分和《いくぶんなご》んだ。

見所の隅《すみ》には、新兵衛と栄三郎がいて、にこやかに見守っている。

「何も気負うではない。人の一生は長い。ひとつずつ力をつけていけばよい。おぬしの親父《おやじ》殿は、それは強い剣士であったが、親父殿は親父殿、おぬしはおぬしじゃ。同じであらねばならぬことは何もないのだ」

新兵衛は、静かに言った。

楽にさせてやろうとしての言葉ではあるが、新兵衛が口にすると、えも言われぬ壮厳な気が漂《ただよ》う。

――これではいかぬ。新兵衛は、己《おの》が姿が他人にどのように映っているのか、未《いま》だにわからぬと見える。

栄三郎は、心の内で苦笑《にがわら》いをして、

「お袋殿とは、何か言葉を交わしたのかな?」

少しからかうように問うた。

「いえ、これと申しまして……」

壮之介が、父・丑之助のように剣術を極《きわ》めんとすることには大反対していた、彼の母・多賀であった。

しかし、息子の強い想《おも》い、栄三郎の取りなしによって、自らが新兵衛に会いに出向き、

「息子を何卒《なにとぞ》よろしくお願い申し上げます」

と、頭を下げたのである。

しかし、多賀の父・三上玄斎は、壮之介には医師を継いでもらいたいと思っていた。

多賀もそのつもりで、良人《おっと》亡き後は玄斎の許《もと》に身を寄せていたのだ。

「左様《さよう》か、やはり栗山丑之助の血が騒いだか。それもまた仕方あるまいな……」

壮之介が、自分の勧めた村松門蔵の道場を出て、岸裏道場に移ると聞いた時、玄斎は落胆を隠し切れなかった。

その様子を見ているだけに、多賀も心から息子の門出を祝ってやれないところもある。

それでも玄斎は男らしく、

「父の跡を追うのではのうて、お前の剣を築《きず》きあげてみよ」

と、孫の背中を押して送り出してくれたが、

「行って参ります」

と、家を出た壮之介を見送る母・多賀の姿はそこになかった。

奉公人の話によると、朝早くからどこかに外出をしたとのことであった。

前夜に、

「命大事と心得なされ」

その一言だけを壮之介に告げたが、改まっての挨拶《あいさつ》となると、あれこれ厳《きび》しい言葉も投げかけてしまうであろうゆえに、顔を合わせたくなかったのであろう。

身の回りの世話は女中に任《まか》せて、早々に出かけたようだ。

伝兵衛はにこりと笑って、

「まず、ここへ来ることを許してくれただけでもよしとせねばならぬ。おぬしが励めば、いずれわかってくれよう」

物わかりの好《い》い親よりも、突き放す親の方が、子は成長するというものだと言った。

「畏《おそ》れ入りまする……」

壮之介は感じ入った。

医師にならんとして日々励むのならば、衣食住は元より、方々の学問所へも行かせてやる。

しかし、己が道を行くのであれば、元服をすませた大人として、剣術の稽古以外は医院の下働きや雑用をきっちりとこなすようにと言いつけられた。

それもまた親心だと言われ、壮之介は気持ちが楽になった。

剣術を志《こころざ》すならば、いっそ岸裏道場に内弟子として入り、剣術漬けに過ごせばよいのだろうが、

「母の情から逃げずに向き合い、祖父への恩を日々返しつつ剣に励む。今はそれを考えるべきだな。その上で剣が上達しなければ、己が才はそこまでだと諦《あきら》め、立派な医者になるべく、学問に精進《しょうじん》すればよいのだ」

と、栄三郎は壮之介に告げ、伝兵衛と新兵衛にも件《くだん》のごとく申し渡していると取り次いでいた。

「同じ家にいながら、母に見向きもされぬのは辛《つろ》うございますが、いつかきっと、わたしの願いを聞き入れたことがよかったのだと思われるよう、励みたいと心に誓っております……」

壮之介はきっぱりと言い切って、その日の稽古に臨《のぞ》んだのである。

かつて天才と謳《うた》われた栗山丑之助であったが、十数年前にこの世を去っているとなれば、気楽流岸裏道場の門人の中でその雄姿を覚えている者もいない。

壮之介も稽古がし易《やす》いというものだ。

彼は伸び伸びとして、まず村松門蔵によって指南を受けたという、馬庭念流の型を披露してみせた。

「ほう……」

思わず相好《そうごう》を崩《くず》す伝兵衛の傍《かたわ》らで、新兵衛もまた口許を綻《ほころ》ばせた。

既《すで》に栄三郎は見て確かめていたのだが、さすがは名剣士の息子であると納得させられるほどに、壮之介の太刀筋《たちすじ》は華やかで、しっかりとしていた。

新兵衛にしてみれば、互いに相容《あいい》れるところがあった丑之助の息子が、父を彷《ほう》彿《ふつ》とさせる剣の冴《さ》えを見せたのであるから、感慨深かったのであろう。

――丑之助殿、息子は預かったぞ。

実際、新兵衛は胸の内でそう呟《つぶや》いていた。

これまでひたすら先達《せんだつ》に学び、剣を求めてきた新兵衛は、同時に已が老いを覚えていた。

まだ四十を過ぎたばかりであるし、この先も求めるべきものは多々あろう。

熟達した剣の腕も、若い者を寄せつけぬ強さを保っているはずである。

しかし、あの日術を競った好敵手の息子が、今、目の前で颯爽《さっそう》と木太刀を振る姿を見ると、自分にもこれくらいの子がいてもおかしくはないのである。

そこに思い至った時。妻帯している新兵衛に父性が目覚めたといえる。そしてその父性が、彼に指導者としての自覚と楽しみを与えたのだ。

「よし、型はなかなかのものだ。気楽流の型は、また指南をいたそう。これよりは防具を着けての立合と参ろう」

新兵衛は、日頃似合わぬ性急さをみせた。

「これから、防具を着けて……、よろしいのですか?」

壮之介は、目を丸くした。

ほとんど型稽古ばかりしてきた自分がいきなり地稽古をするなど、思いもかけなかったからだ。

「初めてではなかろう」

「初めてではござりませぬが……」

「おぬしの太刀筋を確かめておきたい。まずかかって参れ」

新兵衛は、伝兵衛に一礼をして、さっさと防具を着け始めた。

呆気《あっけ》にとられる壮之介がおかしくて、栄三郎も立ち上がって、

「殺されはせぬ。早《はよ》う仕度《したく》をいたせ」

と、壮之介を促《うなが》した。

「は、はい！」

壮之介は、慌《あわ》てて稽古場の隅に置いてあった己が防具を着け、無我夢中で新兵衛に向かっていった。

新兵衛の体に壮之介の竹刀《しない》が触《ふ》れることはなかった。

これまでは守りの剣ばかりを教えられてきたので、攻めかかる剣を鍛えてはこなかったのであるから当然であった。

それでも、彼の攻めは新兵衛の顔を面の中でニヤリとさせた。

伝兵衛と栄三郎も、大きく頷《うなず》いた。

壮之介は、型で覚えた剣の理念を、瞬時に実戦に反映させられる頭脳と勘のよさを、併《あわ》せ持っているのが、見ただけでわかる。

これならば、立合に慣れたらすぐにこつを摑《つか》み、たちまちのうちに岸裏道場においても頭角を現すであろう。

「それ！　そこでひとつ前へ出よ！　恐れずに二本、三本と打ち込むのだ！」

新兵衛は、このところ門人の技を引き出すのが随分《ずいぶん》と巧《たく》みになってきたが、駿馬《しゅんめ》が乗馬の名手に出会ったかのように、まだ未熟であるはずの壮之介から次々と技が出た。

これには壮之介自身が驚いた。

何度か打ち込み、構え直す度《たび》に体はへとへとに疲れたが、心が落ち着いてきた。

やがて、面の内から見所の岸裏伝兵衛、秋月栄三郎の表情を窺《うかが》う余裕すら出てきた。

にこやかにこちらを見ている二人の様子に、壮之介はほっと息をつき、力を振り絞って、新兵衛に言われるがまま打ち込んだ。

そのうちに、見所の栄三郎の姿が消えていた。

あれこれ忙しくしている栄三郎のことだ。

壮之介の実力が、それなりのものだと見て、一安心して退席したのであろうか。

――それならばよいのだが。

ちらりとそんな感情が壮之介の胸の内を過《よぎ》ったが、

「まだまだ！　これしきで息があがっているようでは先が思いやられるぞ！」

新兵衛の叱咤《しった》で、彼はまた新兵衛に無心で向かっていった。

その頃、栄三郎は見所に続く師範の拵《こしら》え場にいて、その板戸の隙間《すきま》から稽古場を覗《のぞ》き見ていた。

そこには、同じく稽古場を覗き見る多賀の姿があった。

「いかがでござる。これは世辞《せじ》ではのうて、心から申し上げるが、多賀殿の御子息は生まれながらに剣の才が備わっておりまするぞ」

低い声で言う栄三郎に、

「左様でございましょうか」

と、小首を傾《かし》げる多賀であったが、彼女の整《ととの》った双眸《そうぼう》には涙が滲《にじ》んでいた。

亡き良人・丑之助とは、丑之助が稽古中に大怪我《おおけが》をして、父・玄斎がそれを療治《りょうじ》したことで出会った。

当時から、剣才を謳われた丑之助は、総身から華やかな輝きが放たれていた。

怪我は、稽古中に自分の横で立合っていた二人が、勢い余って丑之助の背後からぶつかってきたことによるものであった。

丑之助は、自分が立合っていた相手をかばい、二人の内の一人の面鉄《めんがね》によって足に裂傷を負ったのだ。

それでも、一言も恨みがましいことは言わず、自分に怪我を与えた者を気遣《きづか》い、黙々と療治に励む姿に胸を打たれた。

怪我が治り、稽古を再開したと聞き、傷の完治を確かめんとして道場の様子をそっと覗き見た時は、既に心を奪われていた。

そっと窺った丑之助の雄姿は、多賀をその場に釘付《くぎづ》けにしたのであるが、今こうして栄三郎に勧められて、我が子の稽古を覗き見ると、あの日のことが思い出された。

「このまま稽古を続ければ、大した剣客《けんかく》になりましょう」

栄三郎の言葉をありがたく受け止めつつ、

「わたくしは、壮之介の想いを汲《く》み、同じ教えを乞《こ》うならば、こちらの先生方に学ぶのがよいと、自分からお願いにあがりました。さりながら……」

「わかっております。手放しには喜べぬ。剣術が上達したとて、また新たに不安が募《つの》るばかりだと」

「はい……」

「このまま突き放しておけばようござる。多賀殿も辛うござろうが、母としての意地もござろう。とは申せ、この先は剣に生き、剣に喜び、剣に悩む日々が続きましょう。何か構ってやりたくなるでしょうな」

「そうなるかもしれませぬ」

多賀は〝はい〟と応《こた》えぬことで意地を見せた。

栄三郎は、ふっと笑って、

「嫌《いや》というほど飯を食わせてやってくだされ。それもまた稽古ゆえ……」

と、告げた。

「わかりました。そうしてやります」

多賀は、にこやかに頷くと、もう一度息子の稽古を目に焼き付けた。

この日は、朝から壮之介に知れぬよう、岸裏道場に先回りしていた多賀であった。

入門を許したものの、壮之介の稽古姿が不様《ぶざま》であれば、伝兵衛と新兵衛に詫《わ》びて連れて帰らんと思っていた。

だが、それも杞憂《きゆう》に終った。

今そこに、丑之助の分身が、あの日の彼と同じ姿を見せている。

「何卒、壮之介をよしなに願いまする」

多賀は、再び母の顔に戻り、栄三郎に頭を下げた。

「親というものは、真《まこと》にありがたいものでござるな……」

栄三郎はしみじみとした物言いで多賀を労《いたわ》り、松田新兵衛によって鍛えられる栗山壮之介の今後の活躍に想いを馳《は》せていた。

二

「何だと？　栗山壮之介が、老いぼれの道場を出て、気楽流の道場に通っている？」

門人の一人から報《しら》せを受けて、金剛麟之助は憤慨した。

「兄上、気楽流の岸裏伝兵衛という剣客を御存知で……」

麟之助は、早速《さっそく》兄の太郎左衛門に訊ねた。

太郎左衛門は、神田四軒町にある金剛道場の師範であり、今は麟之助の師匠という立場にある。

歳《とし》は一廻《まわ》り上で、幼くして父に死別した彼には、父親代わりといえる存在でもあった。

「岸裏伝兵衛……。うむ、その名は聞いたことがある」

「聞いたことがある……、さのみ名のある剣客でもなさそうでござるな」

「おれは他流には目を向けてこなんだゆえに、どれほどの者かはよう知らぬが、あまり欲がなく、何かというと旅に出るそうな。それで随分と前に道場をたたんだと聞いたような気がするのだが……」

「どうもまた、本材木町辺りに稽古場を構えたようでござるが、どうせ大したこともござるまい」

麟之助は吐き捨てるように言った。

「おのれ、壮之介め……」

江戸剣界の中でも、金剛兄弟が身を置く神道無念流は、指折りの流派である。

その中で、若手の有望株として名を売る金剛麟之助にとっては、多数の門人を抱える直心影流《じきしんかげりゆう》、一刀流《いつとうりゆう》各派、馬庭念流ぐらいしか他流派には目が行かなかった。

関東に広く伝わる気楽流であるが、麟之助にとっては、ただの〝田舎《いなか》剣法〟で、そこから何かを学びたい想いもまるでなかった。

彼にとっては何よりも眼前の敵は、同じ流派の撃剣館であり、名うての剣客・岡田十松が師範を務《つと》めるこの道場の者達を、いつの日か己が剣によって跪《ひざまず》かせてやるという野望を秘めているのだ。

そのような対抗意識がある彼は、兄・金剛太郎左衛門が、己が道場を構えて、撃剣館から独立したことがありがたかった。

ここで独自に力をつけ、やがて力も衰《おとろ》えるであろう、岡田十松にとって代わろうというのである。

太郎左衛門は、初めは岡田十松の師である戸賀崎熊太郎の門を叩《たた》いた。

それが、戸賀崎が江戸を去り、郷里の武州清久村に戻った時に、岡田門下に組み入れられた。

その折、独立して神田四軒町に道場を開いたのが兄弟子であった栗山丑之助で、以後は弟・麟之助と撃剣館に学ぶことになった太郎左衛門は、堂々と自分の稽古場を構えた丑之助に憧《あこが》れを抱いていた。

兄の想いは、まだ少年であった麟之助に伝染した。

その丑之助が非業《ひごう》の死を遂《と》げた時。

太郎左衛門は、才気溢《あふ》れる弟を、丑之助に続く神道無念流の寵児《ちょうじ》に仕立てようと決意した。

彼は丑之助ほどには剣の才に恵まれていなかったが、諸事世渡りがうまく、巧みに後盾《うしろだて》を得て、丑之助亡き後は閉鎖されていた、神田四軒町の道場に稽古場を構えることを得た。

太郎左衛門は、戸賀崎熊太郎が隠遁《いんとん》した後、撃剣館に身を置いたものの、頭の中では岡田十松の弟子だとは思っていなかった。

じっくりと時をかければ、麟之助が神道無念流一の剣客になれる。そして金剛道場は、撃剣館を凌《しの》ぐものになると考えていたのである。

兄の期待を背負い、麟之助はよく剣術稽古に励んだ。

その甲斐《かい》あって、

「岡田先生の次は、金剛麟之助が流儀を担《にな》っていくに違いない」

「撃剣館は、麟之助が受け継ぐことになるやもしれぬぞ」

などと噂《うわさ》されるようになってきた。

栗山丑之助が上り切れなかった剣の高みに、かつて彼に憧れた金剛兄弟は、一歩ずつ近付いている感があった。

人目を引きつけ、道場に門人が集まるように策を練《ね》るのは、太郎左衛門が得意とするところで、彼はそのひとつの目玉として、栗山丑之助の遺児、壮之介を迎えることを思いついた。

「さすがは兄上、それはまたおもしろそうな……」

麟之助はその話に乗った。

「まずお任せくだされ、このおれが引っ張って参りますゆえ」

まだ少年の頃に、麟之助は何度か栗山丑之助の立合を見ていた。

丑之助が稽古場に現れると、門人達は一様に憧れの目を向ける。

その瞬間に張り詰《つ》める、厳しいがどこか浮き立ったような剣気を感じるのが、麟之助は堪《たま》らなく好きであった。

憧れはいつしか目標となり、丑之助への劣等感を振り払うために、

「おれはもう、栗山丑之助を超えている」

という対抗意識に変わっていった。

生前は、相手にもしてもらえなかった剣客だけに、麟之助の心の内で幻想は日々ふくらんでいた。

それだけに、丑之助の息子が自分より少しばかり歳下で、しかも医師にならんとして、剣術については真似事《まねごと》しかしていないのが気になった。

「あの栗山丑之助の忘れ形見《がたみ》を、このおれが面倒を見て、剣を仕込んでやっているのだ」

となれば、恰好《かっこう》をつけられるという想いが湧《わ》きあがる。それは、何とも言い難い優越である。

丑之助が生きていれば、親に仕込まれて今頃は自分と肩を並べるほどの腕前になっていたかもしれぬが、今の壮之介は、

「自分がかわいがっている弟分」

という風に連れ回すことが出来るほどの実力しか持ち合わせてはおるまい。

そして壮之介を引き込み、悲運な剣客の遺子を飾りにして、

「金剛麟之助こそが、栗山丑之助の後継者である」

という謳い文句を付ける。

――やはり兄上は、そういうところの才覚がある。

麟之助は意気揚々として、栗山壮之介の勧誘に出向いたのであった。

会ってみると、学問優秀の呼び声は高いが、剣術はというと、馬庭念流の中でも、腰抜けの若侍達ばかりが門人であるという村松門蔵なる老師に習っている。

これでは神道無念流から逃げて、お茶を濁《にご》しているに過ぎない。

といって、本人にまるでやる気がないかというとそうではなく、

「道場を替えたい」

と、思っているようだ。

父の跡を継いで剣術を極めたいわけではないが、それなりの剣技を身につけていたい――。

これはちょうどよい加減ではないか。あまり目立たれても困るのだ。

麟之助の勧誘にも力が入った。

それと共に、麟之助の剣技も、さらに上達し、評判を呼ぶところとなっていて、先日も岡田十松に招かれ撃剣館で稽古をして、

「太郎左衛門殿は、実によい弟を持たれたものだ」

と、感嘆せしめたものだ。

「そのおれが、格別の声がけをしているのだ。道場を替えるのならば、金剛道場に決まっていよう」

麟之助はすっかりとそのように思い込んでいた。

何といっても、神田四軒町の稽古場は、かつて栗山家の住まいであったのだ。

「壮之介も懐しがるに違いない。かつて使っていたという一間《ひとま》は、そのまま彼《か》の

者の控えの間として使わせて進ぜよう」

とまで考えていたのだ。

それが、聞いたこともないような、気楽流の道場に入門したとは何ごとであろうか。

「おれをこけにしやがった」

麟之助の胸の内には怒りが沸々と湧き上がってくる。

「まずそのように、苛《いら》くらとするでない」

弟と違って、なかなかに思慮深い太郎左衛門は、今では世間から忘れられかけている栗山丑之助の倅《せがれ》などにどれほどの意味があるだろうと、既に気持ちを切り換えていた。

「とにかく、お前が強くなってくれたらよいのだ。壮之介のことについては、何か使い様がないか、考えておくとしよう」

「兄上がそのように申されるならば、放っておきましょうが……」

麟之助は、一旦矛《いったんほこ》を収めたが、腹立ちは容易に鎮《しず》まらなかった。

――このまま黙っていては、男の一分が立たぬぞ。

金剛麟之助は、己が慢心を自分では気付けぬほどに、向かうところ敵無しの快進撃を続けていたのである。

三

快進撃という点では、栗山壮之介も大きな成果をあげていた。

彼には未知なるところから、剣術が何たるかを覗き見えるところに背が届いた、そのような大きな楽しみが広がっていた。

守るものなどない。振り返るところなど何もない強みがそこにある。

「新兵衛、どうじゃな。そろそろお前にも、教えてこそ知る剣の奥儀がわかってきたのではないか」

壮之介を眺めながら、岸裏伝兵衛はむしろ高弟である松田新兵衛に、壮之介成長の理《ことわり》を説いていた。

岸裏道場が復活をして、六年目に入っている。

伝兵衛は、以前とは違いこの道場の中心を松田新兵衛においた。

己が剣を修験者《しゅげんじゃ》のごとく追い求める愛弟子《まなでし》に、師範代という比較的動き易い立場で、剣術指南の修行をさせたといってよい。

そして新兵衛は、師の期待に応えて、師範としての在り方や指南法などにも工夫を加え、岸裏道場に通う門弟達を、実に見事に鍛え上げたといえよう。

だが、伝兵衛の目から見ると、これまでは新兵衛が自ら稽古をしてみせての指南であった。

自分よりもはるか格上の者と稽古を共にすれば、傍《そば》で見ているだけで門人達は自《おの》ずと学ぶことが出来る。

強い相手にかかっていき、稽古をつけてもらえば、それだけ技量も上がるというものである。

新兵衛は、自分の稽古姿を見せ、時には直《じか》に相対して、門人達を自分のいる高いところに引き上げてきたわけだ。

その中で、相手の技を引き出してやる、立合でのこつなども摑んだのだが、

「よいか新兵衛、お前は人並み外れた強さを持っているゆえ、弟子達がお前に近付けば、もうそれで師範としての役目は立派に果せたといえよう。だが、それだけでは、指南をする者としては不本意ではないかのう」

伝兵衛は、今年になって新兵衛にそのように問いかけた。

「なるほど……」

新兵衛は、伝兵衛の意図を解して感じ入った。

「自分の力よりも、さらに上に押し上げるのが、教える者の務めだと……」

「いかにも左様」

伝兵衛は、はたと膝《ひざ》を打ったが、

「とは申せ、人には天分というものがある。天分は残念ながら、誰にでも備わっているものではないのじゃ」

つくづくと言った。

武芸によらず、芸というものは努力や精進だけで高められはしないのだ。

頑張ればある程度までのところに上りも出来ようが、そこから上を目指すには、持って生まれた才が要《い》る。

剣の道に取りつかれたからといって、その者に才があるとは限らぬのが、この世の皮肉といえよう。

「幸いにも、松田新兵衛には、勤勉さに加えて天分があった。それゆえ、この岸裏伝兵衛は、己が辿《たど》りし境地のさらに上へ、弟子を導くことができたのじゃな」

「畏れ入りまする……」

「おれは、お前のお蔭《かげ》で教える悦《よろこ》びを知り、剣の奥儀はまだ確《しか》と見えぬが、おぼろげに見えてきたような気がする。お前にも、その辺りの手応えを覚えてもらいたいものだな」

師弟が、指南することのおもしろさや難しさを語り合った日から半年ばかりが経《た》ち、遂《つい》に天分を持った門人が現れた。

それが栗山壮之介であった。

伝兵衛は、壮之介が入門したその日に、彼の天分を信じて疑わなかった。

それは新兵衛とて同じ想いであろうと思うと楽しくて仕方がなかったのである。

ゆえに、壮之介が入門して十日ばかりが経った頃に、伝兵衛は改めて、

「教えてこそ知る剣の奥儀」

について問いかけたのだ。

「この度ばかりは、栄三郎のお節介に感じ入っておりまする」

新兵衛は、にこやかに応えた。

彼とても、既に大名、旗本家《はたもと》への出稽古も務め、剣術指南を昨日、今日始めたわけでもないのだが、栗山壮之介ほどの才能に出合ったことはなかった。

そして、今のこの想いを、伝兵衛が新兵衛を弟子とした時に感じていたと言わ

れると、心の底から嬉《うれ》しくなってくるのであった。

かつて栗山丑之助が亡くなった時に、丑之助の妻・多賀は、壮之介を剣の道には進ませず医師にしたいと言った。

その想いを解し、壮之介が自分に鍛えてもらいたいと、秋月栄三郎を介して伝えてきた時は、これを断った新兵衛であった。

しかし己が信念を貫《つらぬ》かんとしたつもりでも、よくよく考えて若者の将来を見つめてやらないと、大きな才能を潰《つぶ》してしまうこともある。

淡々と状況を把握して、壮之介が希望する剣術修行の道を、うまく切り拓《ひら》いてやった秋月栄三郎の手並みに、新兵衛は深く感じ入っていた。

それと共に、若者を指南すること、夢を叶《かな》えてやらんと展望を示してやることにかけては、自分よりも栄三郎の方がはるかに上ではないかと思われてならなかった。

五日に一度は必ず岸裏道場に顔を出し、自分と共に壮之介を育ててくれるようにと、栄三郎に注文を出したのは、間違っていなかったと、新兵衛は今になって胸を撫《な》で下ろしていたのである。

新兵衛は、他の門人達への指南が疎《おろそ》かにならぬよう気を配りながらも、壮之介の気楽流剣術修得に力を注《そそ》いでやった。

岸裏伝兵衛の教えは、剣術や武術に流儀など要らない。とどのつまりは剣術ならば、一振りの刀を構えて戦うしか法はない。

振り方や踏み込み方など、どの流儀も大差はないのだから、好いところ取りをして稽古に臨めばよいのだと言い続けてきた。

新兵衛は、伝兵衛の教えをそのまま壮之介に適用して、

「僅《わず》かな間にしろ、型稽古ばかりであったにしろ、馬庭念流の教えには、すべてにおいて意味がある。それを忘れずに、思うようにかかって参れ」

まず気楽流の型にはめず伸び伸びと地稽古をさせた。

稽古というものは、実は型にはめてしまう方が、門人達は手本をなぞっていればよいのでし易い。

ゆえに流儀が替われば、白紙に戻して一から気楽流剣術に馴染《なじ》ませるべきなのであろうが、

「新兵衛、口はばったいことを言うが、あの壮之介という兄《あに》さんは、なかなかに頭がよくて、何ごとにおいても勘が好いときてる。型にはめずに、自分で工夫するようにさせてはどうかな」

栄三郎の助言をそのまま取り入れたのである。

それはぴたりとはまった。

壮之介は特に仕込まずとも、主な型を三日で覚え、防具を着けての地稽古でも天性の身のこなしと、勘のよさで新兵衛の教えをすぐに呑《の》み込んだ。

もちろん、新兵衛には、まだまだ歯が立たないが、少しは自信をつけてやろうとして同年代の門人と立合をさせると、入門五日目でほぼ互角に打ち合っていた。

壮之介はこれに気をよくして、ますます技に工夫を加え、たちまち一端《いっぱし》の剣士として通用する強さを発揮していた。

新兵衛に言われた通り、五日目に稽古場に現れた栄三郎はというと、まるで剣技については触れずに、

「どうだい？　お袋殿とはうまくやっているのか？」

そんな軽口を叩いたものだ。

「うまくやっているかどうかはわかりませぬが、とにかく朝晩は、医院の掃除と片付けなどはしっかりとしております」

「うむ、それは何よりだ。今のおぬしは居候同様だ。家業を手伝《てつど》うてこそ飯が食

えるというものだ」

「ありがたいことに、嫌というほど食わされます」

「それはほんにありがたい。おぬしは強くなるために、まず体を作らねばならぬからな」

「食べて体に肉を付け、それを稽古で引き締めるのですね」

「うむ、さすがは名医の孫だ。医院の手伝いも工夫次第では、手足の力を鍛える好い稽古になる。おぬしは頭が好いゆえ、何をしていても剣術の稽古になるだろうな」

　新兵衛は感心した。確かに栄三郎が言うように、頭のよい壮之介ならば、日々何をしている時でも体を鍛えられよう。

　内弟子として一日中道場にいたとて、かえって稽古をしたような気になり、合間合間は体を休めてしまうであろう。

　そこへいくと、壮之介は家業の手伝いもしなければならぬという負い目が、彼の頭を働かせて、一日中体を鍛えられる術《すべ》を見出《みいだ》すであろう。

　それなりの危機感を覚える方が、人はあらゆることを思い付くものだ。

　そうして秋月栄三郎は、いくつか言葉を与えてからからと笑ったが、壮之介に

剣術の稽古をつけるわけでもなく、

「新兵衛、後はよろしく……」

すぐに帰りたがる。

栄三郎に声をかけられただけで、壮之介の体の動きがよくなるので、新兵衛には文句はないのだが、

「まず待て、来てすぐに帰るのもつれなかろう」

と、呼び止めたくなる。

「栄三郎、おぬしが壮之介に言うことは、どれももっともだが、お前は番場町の稽古場にいた頃、何かひとつでも心がけて試してみたのか？」

家事や雑務も工夫次第で、体作りの稽古になると言うが、新兵衛の目から見て、栄三郎がそれを実践していたとは思えなかった。

いかに要領よく立廻り、仕事、稽古を怠《なま》けられるのか、それを念頭に置いていたのではなかったか。

それを問うと、

「新兵衛、お前はもっと頭の中を柔らかくして考えろ。今になって思うと、あの時はこうしておけばよかった、おれはただそれを壮之介に伝えているだけだよ」

「なるほど、それは道理だな……」

「だろうが？　我が生き様に悔いはない……、なんてお前は思っているだろ。だから頭の中が固くなるんだよ」

「となれば、栄三郎、人にものを教えるのは、悔いだらけの人間の方がよいということなのか？」

「まあ、そういうことになるが、悔いだらけの人間というのも、ただの馬鹿《ばか》だな。そんな奴を先生と呼びたくはない」

「ほどのよさが求められる……」

「そうだろうな」

「ならば栄三郎、やはりおぬしは好い師範になれよう」

「おれがよい師範に……。などと言ってもおれは真に受けぬよ。また、お前の頭の中をほぐしに来るよ」

栄三郎は、いつもの憎めぬ笑顔を残して、そそくさと立ち去った。

稽古場では黙々と、壮之介が打ち込み稽古をしている。

まだまだ息が長く続かぬようだが、その懸命《けんめい》な姿を見ていると、何故《なぜ》か新兵衛はおかしくなってきた。

そのおかしみが、栄三郎が置いていったものであるのは間違いないのだが、

――不思議な男だ。あ奴が身近にいてくれてよかった。

新兵衛は、今さらながらにそう思うのであった。だが、稽古場にいる松田新兵衛に笑顔は似合わない。

「よし！　壮之介、稽古をつけてやろう。かかって参れ！」

彼は仁王《におう》のような顔に戻って、防具を身に着けたのである。

四

「行って参ります！」

朝の雑事をこなすと、栗山壮之介は三上玄斎の医院をとび出した。

三上家の奉公人達は皆一様に、残暑厳しき折に涼風が通り抜けたかのような心地《ここち》となって、

「行ってらっしゃいまし」

「お励みなされませ」

にこやかに送り出した。

以前は物静かな書生然としていた壮之介であったが、近頃は打って変わって、てきぱきとして明るく人と接するようになり、

「壮之介さんは、やはり剣術をなさっている方がよろしゅうございますねえ」

周囲の者達は、そのように囁《ささや》き合っていた。

「壮之介、何をしているのです！　早くなされよ！」

周囲の手前、決して甘い顔を見せず、掃除や薪《まき》割りなどの雑事に追い立てる多賀も、壮之介が出て行く時には、ふっと笑い顔を見せるようになった。

秋月栄三郎に言われた通りに、壮之介を居候扱いして、家の雑事全般をさせた上で、山盛りの飯を食べさせた。

すると、壮之介は力仕事を楽しみ、豪快に飯を食べ、みるみるうちに体付きがよくなってきた。

顔の色も輝き、精悍《せいかん》さが増してきた。

母として、息子がこのような姿を見せてくると嬉しからぬはずはない。

岸裏道場での稽古を一義とするために、他の学問所は辞めてしまった壮之介であるから、本材木町に通い始めた頃は、

「本当にこれでよかったのか……」

と、思い悩み、丑之助の二の舞にならぬかと気を揉《も》みもしたが、そういううつとした心を、はねのけて余りある息子の充実ぶりであった。

父・玄斎もまた、

「あのようなたくましい孫もまたよろしい。父が唯一《ゆいいつ》後れをとった相手に習いたいというのも、おもしろいではないか。そのような気持ちがあれば、婿殿《むこどの》の二の舞にはなりはすまい」

今では壮之介の剣術修行に肩入れをしていた。

「それにのう、あ奴は、医者になろうと思えばなれるだけの学問を既に修《おさ》めているのじゃ。ここで診立《みた》ての様子も見覚えている。よいか、医者を諦めたわけではないのじゃ。医者としての修業を終え、新たな道へ進み出したのじゃと考えてやるがよい」

この父の言葉に多賀は救われた。

「かくなる上は、存分に剣を極めなさい」

そのように声をかけてやりたいが、

――そんな甘口は言いませぬぞ。

しっかりと剣の高みに到達するまでは、決して息子に甘い顔は見せるものかと、心に誓う多賀であった。

「お言葉は嬉しゅうござりまするが、あの壮之介をくれぐれも甘やかさぬように願います」

玄斎にもそのように告げると、

「人の上に立たんとする者は、武芸だけを鍛えていてはなりませぬぞ」

いくらへとへとに疲れて帰ってきても、玄斎が選んだ書物をしっかりと読ませることも忘れなかったのである。

顔に出さずとも、口に出さずとも、祖父と母が自分に深い愛情を向けてくれているのは、壮之介にはわかっている。

家から岸裏道場までは、小半刻《こはんとき》（約三〇分）もかからぬ近さであるが、その道中さえも鍛練の場としたい壮之介は、日々全力で駆《か》けた。

あっという間に到着するので、時間の計り様もないのだが、彼は息の切れ方で、己が体が出来上がっているかを判断した。

この二、三日は、まるで息があがらなくなっていた。

次は防具と同じ重さの砂袋を身につけて駆けてみよう――。

などと考えながら、一気に江戸橋《えどばし》を駆け渡ったところで、迷惑にも前に立ち塞《ふさ》がる者がいて、足止めを食らった。

あまり怒りを顔に出さぬ壮之介であるが、さすがにむっとして相手の顔を見ると、

「そんなに急いでどこへ行くのだ……」

皮肉な言葉を投げかける、金剛麟之助がそこにいた。

「金剛殿か……」

「ほう、覚えていてくれたか。左様、おぬしが嫌いな神道無念流の金剛麟之助だ」

「嫌いなどと……」

「嫌いでなければ、何ゆえ父親が名を馳せた流儀で学ばぬ。父の名が大き過ぎて、じろじろと見られるのが嫌で逃げたか」

「逃げたのではござらぬ」

「ならば何を思うて、気楽流などという、取るに足らぬ流派に身を置くのだ」

「取るに足らぬ流派？　そのような流派はこの世にはござらぬ。ただ、己が求むる剣が、そこにあるか無きか。それだけでござる」

「おぬしの求むる剣が、そこにあると申すか」

「いかにも」

「神道無念流には無いと言うのだな」

「わたしにとって流派など、どうでもよいことでござる。この先生に教わりたい、そう思うた御方が、たまさか気楽流にいただけのことにて」

「おのれ、我が兄を愚弄《ぐろう》いたすか」

「愚弄？　とんでもないことでござる。どのような御方かもろくに知らぬというに、愚弄できるはずもござるまい」

お前こそ、気楽流を愚弄いたすと、ただではおかぬという気迫を込めて、壮之介は静かに言った。

「確かに我が父は、神道無念流に剣を学びました。さりながらその師であった、戸賀崎先生は既にお亡くなりになられ、父もわたしがまだ剣を学ぶ前にこの世を去りました。この栗山壮之介が気楽流に学んだとて、何の故障がござろう」

頭脳明晰《めいせき》である壮之介が、理路整然と語ると、麟之助は返す言葉が見つからなかった。

――おのれ、小癪《こしゃく》な奴よ。

麟之助の頭に血が上った。剣術一筋に成長して、兄・太郎左衛門に見守られてきた彼は、あらゆる思考を兄に任せてきたきらいがある。

それゆえ、頭の鍛練は出来ていないので、すぐに激する欠点がある。

何よりも、あの村松道場に通っていた頃と違い、壮之介の佇《たたず》まいにはえも言われぬ威風が漂い、何も言わせぬ迫力が身についている。

それが、麟之助には気に入らない。

こうなると、理屈や道理などはどうでもよくなってくる。

「左様か……。これはおれの考え違いであったようだな」

麟之助は、じっと壮之介を見据《みす》えて、

「栗山丑之助先生と申さば、未だ神道無念流においては神のごとく称《たた》えられているお人だ。その息子であるおぬしには、我らと共に剣を学んでもらいたい、そのように考えるのが人情ではないか」

貫禄《かんろく》を見せんと、言葉に力を込めた。

「おぬしを気遣《きづこ》うて、我が道場を勧めたが、それがありがた迷惑であったとは、とんだお笑い種《ぐさ》よ」

「お気遣いくだされたのは、ありがたく思うております」

正しくありがた迷惑であったと言いたかったが、ここは歳下の自分が頭を下げておけばよいと考え、下手に出た。

とにかく、こんなところでくだらぬ話をしているよりも、早く道場へ行って稽古をしたかった。

「さりながら、お声をかけていただいた時には、既にわたしの想いは、決まっていたのでございます。御免くださりませ……」

壮之介は、話を切り上げんとして歩き出した。

麟之助の取巻きの一人が、

「おぬし、有無《うむ》を言わさず立ち去るとは、無礼ではないか」

それを詰《なじ》った。

「栗山先生の御子息だとて、金剛先生への無礼は許さぬぞ」

もう一人が続ける。

壮之介はさすがに気色《けしき》ばんで、こ奴らを睨《にら》みつけた。

無礼はどちらであろう。急ぎ稽古に向かうところを呼び止めて、あれこれと言いがかりに等しい物言いをしているのは、麟之助の方ではないか。

まだ三十にも間がある金剛麟之助が、取巻きに〝先生〟と呼ばせ、あれこれ絡《から》んでくるのならば、こちらも黙ってはおらぬぞ。

そんな覚悟を目に込めた。

既に松田新兵衛の剛直な立居振舞《たちいふるまい》が、壮之介の体に沁《し》みていた。

取巻き二人はたちまち気圧《けお》されて、麟之助に目をやる。

「これ、そのような物言いをするでない」

麟之助は、言いたいことを壮之介にぶつけてくれた二人に満足しつつ、ひとまず口先で窘《たしな》めると、

「忙しいところを邪魔したな……。とどのつまり、おれは頼りのない男に映ったようだな。この上は未練がましいことは言わぬ。だが、おぬしがそれほどまでに心を奪われた、気楽流の稽古とやらを是非《ぜひ》拝見仕《つかまつ》りたいものだな。その上で、おれに稽古をつけてもらいたい。おぬしにとって、流派などどうでもよいことなのであろう……」

麟之助は挑発するように壮之介を見つめた。

他流の道場との稽古について、今の壮之介がどうこう言えるものではない。

しかし、麟之助の言葉は、明らかに壮之介を己が剣によって叩き潰してやるという敵意に充《み》ちていた。

壮之介は、太刀打ち出来る相手ではないと自覚しつつ、

「いつか御縁がございますれば……」

精一杯の言葉を返して一礼すると、そそくさとその場から立ち去った。

「楽しみにしているぞ！」

嘲笑《ちょうしょう》を浴びせる麟之助の声を背中に受け、

——これも剣の修行なのだ。

壮之介は駆け出したくなる想いを抑えて、唇を一文字に引き結び、大股《おおまた》に一歩ずつ岸裏道場への道を歩んだ。

五

「おいおい、そのように根を詰めるでないぞ。まだ病み上がりなのだからな」

市之助の浴衣《ゆかた》を縫《ぬ》う久栄を、栄三郎が宥《なだ》めている。

「病み上がり？　ほほほ、もう夏風邪《なつかぜ》はとっくに治っておりますよ」

久栄は元気さを強調するが、近頃はめっきり体が弱っている感のある恋女房が、栄三郎は気になって仕方がない。

「大事ございません。縫える時に縫っておきませんと、子供はすぐに大きゅうなりますから」

久栄は幸せそうに針を使う。

「好いもんですねえ……」

その様子を見て、又平がつくづくと言う。

以前惚《ほ》れていたおよしという女が、やくざな男と一緒になり玉太郎《たまたろう》という子を産《う》んだ。

結局、およしは男に捨てられ、一時は又平のやさしさに縋《すが》り玉太郎を預けたこともあったが、今は不忍池《しのばずのいけ》近くで楊枝《ようじ》屋を営《いとな》み、立派に子供を育てている。

又平は、それをそっと見守っていたのだが、又平が時折玉太郎の顔を見に行っていることがおよしに知れて、二人はゆっくりと情愛を育《はぐく》む、新たな付合いを始めていた。

およしの心の中では、又平を袖《そで》にしてくだらない男と一緒になり、その男の子まで儲《もう》けたことが依然又平への負い目となっている。

又平もそれがわかっているだけに、時をかけておよしの心の内をほぐしてやろうと、不器用で苛々《いらいら》する仲を続けているのであるが、

「母親ってえのはありがてえものですねえ……」

およしと玉太郎を見て、手習《てなら》い道場で、久栄と市之助を間近で見ると、又平は、そういう感慨に浸《ひた》ってしまう。

母の息子への想いや情の深さが窺い見られて、捨て子であった又平の心を揺さぶるのである。

とはいえ又平にも確実に人生の春は近付いている。

まだ残暑は厳しい。あれこれ不安も立ちはだかってはいるものの、手習い道場には幸せが充ちていた。

すると、その静寂を打ち破るように、勢いよくお咲が訪ねてきた。

未だ松田新兵衛との間に子が授からず、何かというと市之助を構いにくるのだが、今日はどうも趣《おもむき》が違った。

新兵衛を慕《した》うあまり、栄三郎の弟子となり立派な女剣士となったお咲は、今も岸裏道場で時に竹刀をとり、門人達を唸《うな》らせている。

その武芸者としての鋭さを、彼女は顔に浮かべていた。

「どうした？　道場で何かあったのか？」

栄三郎も、剣客の顔となっていた。先日、自分が立廻って栗山壮之介を預けただけに、気が走ったのだ。

「何が起こったというほどのものでもないのですが……」

お咲は眉《まゆ》をひそめた。

今日は朝から、道場の稽古場を外から覗き見る剣士達が大勢訪れ、昼下がりの今は、二十人ほどにもなっているというのだ。

「ほう、入門を望む者が押し寄せた……、というわけでもないか……」

「残念ながら……」

「となると、栗山壮之介に関《かか》わることかな」

「はい……」

さすがに多くの剣士達が外に溢れていると物々しくなるので、伝兵衛は弟子に命じて、中へ入って見るようにと勧めさせた。

話を聞くと、皆一様に神道無念流の門人達で、あの栗山丑之助の忘れ形見が、ここに入門したと聞き及び、一度この目で見てみたくて来たと言う。

「いい迷惑だな……」

栄三郎は、顔を歪《ゆが》めた。

それだけ、栗山丑之助の名が今も語り継がれているということであろうし、見物に来た剣士の中には三十半《なか》ばの者が多いという。

剣術を始めたばかりの若き頃に憧れた剣士で、しかも若くして亡くなった丑之助を、今でも慕う者がいる。

素敵な話であるが、そっと観《み》に来た者達も、思わぬ人出に戸惑っているようだ。こうなると、壮之介も新入りの手前、決まりが悪かろう。

見学者達は噂を聞きつけたと言っていたらしいが、栄三郎の頭の中に一人の男の顔が浮かんできた。

——金剛麟之助だな。

壮之介が、己が誘いに応じず、岸裏道場に入門したことが気に入らず、嫌がらせを仕掛けたのであろう。

「よし、これから行こう」

栄三郎は、お咲と共に岸裏道場へ出向いた。

確かに見物人が数多《あまた》いる。

稽古場には、稽古に集中出来ず、うんざりとした表情で型稽古をしている壮之介と、やりにくそうにしている門人達がいた。

見所に伝兵衛の姿はなかったが、今にも神道無念流の門人達に向かって、

「一目見ればよかろう、稽古の邪魔だ、早々に立ち去れ！」

叫び出しそうな様子の新兵衛が、仏頂面《ぶっちょうづら》でいた。

剣士達は壮之介の父であり、新兵衛のかつての好敵手であった栗山丑之助を慕っていたがゆえにやって来ているのである。

新兵衛としても無下《むげ》に追い返すわけにもいかず、さりとてこれでは壮之介の稽古にならない。何かよい方法はないかと思案しているところに栄三郎が現れたので、新兵衛はほっとした表情を浮かべた。

栄三郎は、見学の剣士達ににこやかに、

「これは方々、御苦労でござるな。いやいや、栗山丑之助殿のことは某《それがし》もよう覚えておりまするが、ほんに惚れ惚れとする腕前でござった。その息子がここにいるとなれば、見たくもなろうが、生憎《あいにく》壮之介はまだ、剣術は始めたばかりというところでござって、斯様《かよう》に見られては何やら落ち着かず稽古になり申さん。まず、これから立合をお目にかけるゆえ、それがすんだらお引き取りを願えぬかな」

と、語りかけた。

剣士達も、もっともなことだと納得し、

「いや、これは迷惑をおかけいたした」

「どうしても、若き頃が思い出されまして、一目見とうなりましたが、さすがは栗山先生の御子息でござるな」

「型は申し分ござらぬ。感服仕った……」

と、口々に言った。彼らとて居辛《いづら》いのだが、型稽古だけでは、観た気にならぬようだ。

「ははは、ならばよしなに……」

栄三郎は軽くあしらって新兵衛の傍へ寄ると、

「新兵衛、あの連中が観たいのは立合じゃ。さっさとお前が受けているところを披露しろ。これではいつまでたっても帰らぬぞ」

「いや、今日の稽古はまず型をしてからだな……」

「少しくらい変えても好いだろう。まったく、頭の中を柔らかくしろと言ったばかりではないか」

「わかった。壮之介と立合えば好いのだな」

「そうだ。言っておくが、新兵衛、お前の強さは見せるでないぞ。奴らが見入ってしまえば、ますます帰らなくなるからな」

「わかった。壮之介の技を受けるだけにしておく。で、壮之介にはどのような稽古をさせればよい？」

「壮之介の強さをしっかりと見せてやれ。おもしろがって言いふらした奴が、慌てて出てこよう」

「なるほど。心得た」

新兵衛は、栄三郎の意図がわかって、ニヤリと笑った。新兵衛とて、今日の見物人については、何者かの嫌がらせと見ていた。

丑之助の足許《あしもと》にも及ばぬ壮之介を見させてこき下ろし、潰しにかかろうとしているに違いない――。

さてどうしようかと思っていたが、栄三郎が軍師でついてくれるならそれでよい。

まだ、まったく壮之介の剣が知られていない今、この若者がどれほどまでに遣うか見せてやる。

それから先はどうなることやら知れぬが、栄三郎がおもしろい絵を描いてくれるであろう。

「壮之介、立合と参ろう」

新兵衛が告げると、見物の剣士達が沸いた。

栄三郎はすかさず壮之介の傍へ寄り、

「金剛麟之助が何か言うてきたか？」

と、囁いた。

壮之介は、栄三郎には隠しごとは出来ぬと観念して、

「お察しの通りでござります」

と、小声で応えた。

「隠すことはない。後で話は聞くゆえ、今はあの者共を驚かせてやるがいい。麟之助め、慌てるぞ……」

栄三郎は悪戯《いたずら》っぽく笑って肩を叩いた。

「はい……！」

壮之介の体に力が漲《みなぎ》った。

それから、見物の者達のみならず、門人達までもがしばし目を見張った。

門人の技を引き出すことにかけては、名人の域に達してきたと、師の岸裏伝兵衛を唸らせている新兵衛である。

自分からはほとんど打たずに、壮之介の技を受け、時にきれいに打突を決めさせて、またある時は相打ちに技を合わせる――。

正に壮之介が名馬で、新兵衛はそれを乗りこなす馬術の達人というところか。

流れるように華麗な舞のごとき足捌《さば》き、床を踏み破るがごとき豪快な打突。

神道無念流の剣士達は、流儀が違うというのに、皆一様に壮之介が立合う姿に、ありし日の丑之助を見た思いがした。

しかも、この立合が、松田新兵衛という師範代だからこその成果であることに余の者は気付かない。

ましてや新兵衛が丑之助と二人だけの仕合をしていて、丑之助の技の長所を体で覚え、今その子供の壮之介に伝えんとしているなど知る由《よし》もない。ゆえに尚《なお》さら壮之介の素晴らしさが引き立ったのだ。

「よし、これまでとしよう！」

やがて新兵衛は立合を終えると、

「よろしゅうござるかな」

と、見物の剣士達に告げた。

「忝《かたじけの》うござりまする」

「真によい稽古を拝見仕った」

「さすがは栗山先生の御子息でござるな」

剣士達は口々に礼と称賛を告げると、一斉《いっせい》に頭を下げた。

壮之介は彼らの前へ進み出ると、

「皆様は、わたしが神道無念流に学ばぬのをよしと思われぬかもしれませぬが、わたしは流儀ではのうて、自分にとって何方《どなた》の教えが身につくか、それを考えて剣術を修めたいと思うております。御免くださりませ……」

さっと一礼して、栄三郎が手招きする拵え場へと下がったのである。

六

秋月栄三郎の読みは正しかった。

栗山壮之介の立合を観た者達は、潮が引くように去っていった。

その後、松田新兵衛と話を聞けば、やはり金剛麟之助が絡んできていたと言う。意趣返しに、壮之介がこの道場に通い始めたことを流布《るふ》し、父親と比べ笑い者にしてやろうとしたのは容易に察しがついた。

「おれに稽古をつけてもらいたい、奴はそう言ったのだな？」

それならば、やがてそのうちに稽古をつけてやればよいのだと、栄三郎は壮之

介を励まし、

「だが、今はまだ分が悪い。戦《いくさ》をするにも備えがいる。備えとはつまり稽古を積むことだ」

備えが出来るまでは相手の誘いに乗るなと説いた。

そしてまじまじと栄三郎を見る新兵衛を、

「わかっている。おれは若い頃、備えを怠っていた。それゆえ、今となってそれがわかるわけだな。ははは……」

と、煙に巻いたのである。

果してその翌日。

岸裏道場に、金剛麟之助が取巻きを三人連れてやって来た。

笑い者にしてやろうと企《たくら》んだものの、観た者達によって、たちまち神道無念流の中で、

「近頃始めたとは思われぬほどの腕前でござるぞ。やはり血は争えませぬな」

そんな評判が立った。

壮之介が近頃になって、やっとまともに剣術修行を始めた。しかも気楽流などという、よく知らぬ流儀だそうな。父を超えられぬと悟り、神道無念流から逃げ

たのだ――。

そのように触れて回らせただけに、気楽流を知らぬのは自分達の不勉強であり、壮之介は父親に早くに死に別れたゆえに、一から新たな剣を修めんとしているのであろうという声が上がるのは、真に具合が悪かった。

しかも、そこで壮之介が見事に育っているとなれば、金剛道場の面目《めんぼく》にもかかわる。

「いや、俄《にわか》にお訪ねいたし申し訳ござりませぬ。あれこれ噂を耳にして、某も拝見仕りとうなりました……」

さすがに麟之助も他道場であるゆえ、そこは丁重《ていちょう》に挨拶をしたものだ。

応対に出た松田新兵衛の、威風と厳《おごそ》かな佇まいに思わず気圧されたからでもある。

「金剛麟之助殿、お噂はかねがね聞き及んでおりまする。わざわざのお運び忝うござる。生憎、岸裏先生は留守をいたしておりまするが」

岸裏伝兵衛は朝早くから、

「しばらく留守を頼む」

と言い置いてふらりと出ていった。このところは、何かあれば松田新兵衛に任せて姿を消すことが増えた。

そうして新兵衛に一道場を預かる師範としての修行をさせているようだ。

道場主の不在は、麟之助にとっても気が楽というものだが、このような貫禄に充ちた師範代がいるとは思いもかけず、出鼻をくじかれた恰好となった。

しかし、新兵衛が自分の噂を聞き及んでいるというのが心地よく、挨拶に出た壮之介も、

「お気にかけていただき恐悦に存じまする」

と殊勝なので、麟之助はすぐに強気が出て、

「おぬしが励んでいると聞いては、観に来ぬわけには参るまい」

などと、見えすいたことを口にした。

「まずは、こちらへ」

新兵衛は、麟之助への礼をつくして、彼を見所に上げたが、

「御覧いただくのはようござるが、今日の稽古は型稽古しかいたしませぬゆえ、退屈かもしれませぬ。何卒御容赦《ごようしゃ》を……」

新兵衛はそう言って、壮之介を含む二十人ばかりの門人に、じっくりと型の稽古をさせた。

――おれに立合を見せぬ気か。

麟之助は、そこに道場の自分に対する敵意を覚え、むっとした。

壮之介の噂を聞いて、すぐに岸裏道場について詳しい情報を集めてみると、思った以上に岸裏伝兵衛、松田新兵衛師弟の剣名は高い。

しかも、他流との交流は進んで行い、撃剣館の岡田十松とも顔見知りだという。

岡田にとってかわろうとしている金剛兄弟である。その辺りの伝手《つて》に頼る気はさらさらないが、そういうことならば、この日いきなり訪ねてもきっちりと遇してくれるであろう。

あわよくば、ここでの稽古に飛び入りをして、壮之介をあしらい、打ち据えてやろうと考えていた。

だが見事に肩すかしを食らわされた。立合を見せぬとはふざけているが、さりとて他所《よそ》の稽古に口出しは出来まい。

麟之助は、お気遣いあるなと取り繕《つくろ》い、しばらく型稽古を眺めていたが、壮之介は剣技に勝《すぐ》れる門人達の中にあって、なかなか見事に木太刀を揮《ふる》っていた。

型稽古よりも、人からは派手に見える地稽古、立合を望む麟之助は、型については自分より達者ではないかと壮之介を見た。

それがまた焦《あせ》りを呼んだ。

しばらくは型稽古を見ていたが、この松田新兵衛なる師範代は、稽古を柔軟に変更する意思は無さそうだ。

だが、こ奴は今叩いておかねば、後々面倒なことになりかねない。

それは、ただの麟之助の思い込みでしかないのだが、この男はとにかく神道無念流において、自分が目立たないと気が済まないのだ。

栗山丑之助の息子を、門人達の目の前で叩き伏せ、自分が次の丑之助にならねばならぬと思い込んでいた。

「いや、壮之介殿、見事な型でござるな。感服仕った……」

麟之助は、大仰に称えると、

「それだけの腕をお持ちならば、立合の強さもなかなかのものとお察しいたす。何卒、我が稽古場にお越しいただき、共に稽古を願えませぬかな」

と、恭《うやうや》しく言った。

栗山丑之助も、他流の道場に稽古に通っていたと聞く。まだそこまでは調べがついていないが、この岸裏道場の稽古にも出向いたことがあったに違いないと、麟之助は見ていた。

それならば、自分の願いを断れまい。

断ったとすれば、強い相手との稽古を恐れる臆病《おくびょう》者と、吹聴《ふいちょう》してやればよかろう。

「さて、それは……」

壮之介は、自分が決められることではないと、新兵衛を見た。

麟之助の申し出を、岸裏道場への挑戦と受け取り、厳しい表情になるかと思いきや、新兵衛はにこりとして、

「これはありがたきお言葉でござる。金剛殿は神道無念流の他には、まるで興がそそられぬ御方かと思うておりましたが、願《ねご》うてもないお誘いでござるな」

是非伺いたいと応えた。そして、意外な表情を浮かべる麟之助に、

「すぐにも伺いとうござるが、御覧のように壮之介は、まだ型もろくにできてはおり申さぬ。ましてや立合などは、御貴殿から見れば、子供の遊びのようなもの。今しばし、立合の作法、行儀などを教え込んでからのことにしていただけますかな」

と、願った。この時、新兵衛の腹の内は、〝小癪な奴め〟と煮《に》えたぎっていた

のだが、今日のやり取りを読んでいた秋月栄三郎から、もし、麟之助が訪ねてきたら、そう応えるように言われていたのだ。

「栄三郎、おぬしが付いていてくれたらよかろう」

新兵衛はそう言ったのだが、

「これは、お前が言うから値打ちが出るのだ」

頭の中を柔らかくしろと諭《さと》され、今日に備えたのである。

——体《てい》よく断るつもりか。

麟之助は訝《いぶか》しんだが、

「なに、教え込むのに、そう時はかかりませぬよ」

新兵衛に真《ま》っ直《す》ぐ見つめられると、

「早々に稽古ができることを願うております」

引き下がるしかなかった。

しかし、相手の師範代の言質《げんち》はとった。いつまでも引き延ばすようならば、今度は強い態度で乗り込んでやる——。

そうして、金剛麟之助は帰っていった。

「どうあっても、あ奴はおぬしを叩き伏せておきたいようだな」

新兵衛は、迷惑をかけてしまったと門人達に頭を下げる壮之介に、

「さて、まずは稽古だ。あ奴は早く来いと言い募るであろうが、そこはうまく取り繕い、少しでも刻を稼ぐのだ」

「はい。その間に技を鍛え、あ奴に恥をかかせてやりましょう」

「うむ、その意気だ。時には怒ることも大事だ。怒りを力に変えよ」

「はい！」

壮之介はしっかりと頷いた。

母・多賀は、父・丑之助は心根のやさしい人であったが、剣に悩むと怒りっぽくなり、それが破滅に繋《つな》がった節があると言って、

「くれぐれも、貴方《あなた》にも流れているその血を目覚めさせてはなりません」

と、壮之介を戒《いまし》めてきたが、抑えに抑えてきた若者の感情が、ここにきて一気に湧き出した。

少しでも早く金剛道場へ出向き、敵《かな》わぬまでも麟之助と堂々とした立合を見せてやる。

麟之助が帰った途端《とたん》に、

「松田先生、何卒、立合を仕込んでくださりませ」

壮之介は、言われた通りに怒りを力に変えて、ひたすらに新兵衛にぶつかっていった。

——壮之介はやる。

新兵衛は、教えるのが楽しくなってきた。

村松道場での退屈な日々も、母に躾《しつ》けられた生真面目《きまじめ》さで、型稽古に真剣に取り組み、ただ覚えるだけでなく理念までも頭に叩き込んだ。

下地がきっちりと出来ている者は、何をやっても上達が圧倒的に早いことを、新兵衛は壮之介に教えられたのである。

七

松田新兵衛と栗山壮之介の充実ぶりを尻目《しりめ》に、金剛太郎左衛門と麟之助兄弟は、互いの意思が噛《か》み合っていなかった。

「他流へ行った者など打ち捨てておけばよかったのだ。壮之介にこだわるゆえ、話がややこしくなったではないか」

太郎左衛門は、麟之助を世に出しさえすればよかった。まず神道無念流の中で確固たる地位を築き、そこからは実力よりも師範としての蘊蓄《うんちく》や押し出しのよさで、名剣士と言われるようになればよいと考えていたのだ。

天才と言われた栗山丑之助と、実力、人柄、思慮深さ、どれをとっても抜きん出ていた岡田十松の陰に隠れ、何とか一道場の師範となった太郎左衛門は、

「剣術を極めたとて、日々斬《き》り合いをするわけではないのだ。弱くとも立派な、人に知られる剣客になるのが世渡りだ」

と、考えている。下手なこだわりは身の破滅に繋がると、岸裏道場での振舞についていて、麟之助をきつく戒めた。

外に目がいくと、あれこれ気になるものだ。それゆえ、他流の道場には目もくれずにここまできたというものを――。

「調べれば調べるほどに、松田新兵衛なる師範代は、手強《てごわ》い相手のようだ……」

生前、栗山丑之助は、人知れず松田新兵衛と対戦し、大いにその実力を認め、一目置いていたらしい。滅多に人を認めぬ丑之助が新兵衛について語っていたのを壮之介は覚えていて、新兵衛に剣を学びたいと思ったのであろう。

その師弟をこの道場に招くなど、返り討ちに遭《あ》いかねないことだと、太郎左衛門は言う。

「兄上は考え過ぎです。立合を観た者は、皆壮之介の太刀筋がよかったとは言っておりましたが、松田新兵衛については何も語ってはおりませなんだ。栗山丑之助が認め、一目置いた男？　それほどの男なら、もっと名が響き渡っておりましょう」

「お前は強うなり過ぎたのう」

「どういうことです？」

「強うなって、人を見る目がなくなったということじゃ。よいか、世の中には色んな男がいる。お前のように、世にその名を知られんとして励む者もいれば、己一人と戦い剣を極めんとする修験者のような者もいる。それが武芸者というものなのだ」

「修験者でござるか……」

「おれの見たところ、丑之助殿は松田新兵衛に敗れ、己が剣の未熟を思い知り、狂ったように稽古に励んだ。そのうちに何者かの恨みを買い騙《だま》し討ちに遭ったのであろうよ」

「騙し討ちに？　果し合いの末に斬り死にをしたのでは？」

「それが、どうもそうではないようじゃ……」

兄・太郎左衛門に窘められた麟之助であったが、矢はすでに放たれていた。松田新兵衛に伴《ともな》われて、栗山壮之介がいつ道場にやって来てもおかしくはない。

誘った上は迎えねばならぬ。それでも麟之助は、

――松田新兵衛が強かったとしても昔の話だ。それに、おれの相手はあの師範代ではない。壮之介だ。

深く考えていなかった。

兄は苦労人ゆえあれこれ考えるが、とどのつまりは、少しでも早く壮之介を金剛道場へ呼びつけて、立ち直れないほどに力の差を見せつけてやればよいのである。

となれば当然、手強くならぬうちに来させることが大事である。様子を見るに、栗山壮之介は意外や怒りっぽいところもあるようだ。

そこを衝《つ》いてやろう。相手の感情を操ることも立派な兵法であると、兄・太郎左衛門は日頃言っている。

今までは、小細工などせずとも壮之介など一捻《ひとひね》りにしてくれると考えていた

が、壮之介の立合を観た者は一様に彼を絶賛していた。それゆえどんなものか見極めてやろうと岸裏道場を訪れれば、型稽古しか見られなかった。しかも型の出来は好いとなれば気になって仕方がない。

栗山丑之助の息子である。幼い時に父と死に別れているとはいえ、何か秘密の稽古などもしていたのだろうか、などと空想は広がるばかりで、居ても立ってもいられなくなった。

神道無念流にあって、若手一の実力と謳われると下から出てくる者が気になる。上り調子の時はよいが、目立ちたがり屋の麟之助は、強くなったがために小心さがもたげてきたのである。

彼は偶然を装《よそお》い、三上家に帰る栗山壮之介を道すがらに捉《とら》えるという軽挙に出た。

「おお、これは壮之介殿か。奇遇じゃのう」

壮之介は、この度もまた家路での全力疾走を止められ怪訝《けげん》な表情を浮かべたが、麟之助が近くに出稽古をしているのは知っていたので、偶然を信じた。彼の心は純粋に保たれていたのだ。

「これは金剛先生、一別以来でござりました」

壮之介は、挨拶を返した。

「先だっては、不躾なことをした。許されよ」

「いえ……」

麟之助が殊勝な態度であったので、壮之介はつい話に付合ってしまった。

「おぬしの型稽古の見事さに、いつ稽古を共にできるかと、待ち遠しゅうなってのう」

「松田先生のお許しが出ればすぐに参りとうござりまする」

「松田先生のお許しのう……。おぬしも親の仇《かたき》と言える男に教えを乞うとはどうかしている」

「先生は仇ではござりませぬ。生前父が、これと認めた剣客であられます」

「うっかりと後れをとり、これではいかぬと丑之助先生は夢中で稽古に打ち込まれたが、我を忘れた振舞に、周りの者達と衝突した。それが死に繋がったのではなかったか。つまるところ、松田新兵衛は親の仇と言えよう」

「己が未熟さを気付かせてくれた相手は、仇とは言えますまい」

「まあよい。どう考えようがおぬしの勝手だが、おれも丑之助先生に憧れた者のひとりゆえ、松田殿とさえ立合わなんだら、あのような不様な死に方はされなんだのではないかと、ちと恨みに思うてな」

「不様な死に方……？」

「倅のおぬしが知らなんだか？　丑之助先生は、何者かと果し合いをして不覚をとったとされたが、あれは先生贔屓《びいき》の町方同心がそのように処理をしただけのこと」

「なにを申される……」

「ようく調べてみればわかることだ。恐らく先生は、松田新兵衛のような、絶えず生死の境に身を置くような剣客に会って、自分もまたそうあらねばならぬと思うたのであろうな。だが、そのような生き方をすれば、知らず知らずのうちに恨みを買うものだ。それで騙し討ちに遭《お》うたのだよ」

「好い加減なことを申すな！」

「それ、そのように怒りっぽくなるのが恨みを買う元だ。先生の亡骸《なきがら》には、背中にいくつも斬られた傷跡があったようだ。つまり、気を許したところで不意を衝かれ、何人もの相手に斬られたというわけだ。不様というしかない。おれは近頃それを聞いてがっかりしたよ」

「父と先生を愚弄すると許さぬぞ！」

　壮之介の頭に血が上った。

「許さぬ？　どうするというのだ？　ここでおれとやるか？」

「おのれ……」

「勝負は稽古場においてつけようではないか。古《いにしえ》の武芸者などを気取ると、それこそ不様に命を落とすことになるぞ」

「勝負は稽古場で……。望むところだ」

「松田先生の許しをもらうことだな」

「きっともらう。すぐに参るゆえ待っていよ」

「さて、いつのことやら……」

「すぐと言ったらすぐだ」

「よし、ならば五日、いや、七日待とう。なに、果し合いをするわけではない。稽古をするのだ。軽い気持ちでかかって参れ。親父殿の二の舞とならぬようにな」

　麟之助は、ニヤリと笑うと立ち去った。

八

父・丑之助の死の真相は、或《あ》いはそのようなことであったかもしれぬと思ってはいた。

しかし、金剛麟之助から改めて悪《あ》し様《ざま》に言われると、栗山壮之介の血が熱くたぎった。

怒りを力に変えろと言われた意味は、稽古にぶつけろということである。

だが、若い壮之介に近頃宿った猛々《たけだけ》しい情感は、明日の稽古を待てなかった。

秋月栄三郎は、

「若いのだ。たまにははめを外して、酒でも飲んで、あらゆるうさを晴らせばよいのだ」

と言ってくれた。

父を不様と言われ、師はお前の仇だと言われた腹だたしさは、壮之介に今日が酒を飲む日だと思わせた。

母の多賀は、このように荒くれるかもしれぬと案じて、剣術を控えさせたのかもしれない。そして、父の死に様をうまく取り繕って、何かが起こったのかもしれぬが、あくまでも果し合いで討ち死にを遂げたと、息子の自分には、真実を告げずにきたのではなかったか——。

江戸橋を渡ったところには、酒場が何軒もあった。日がかげり始めた今頃からは、近くの魚河岸《うおがし》で働く若い衆達が、一杯引っかけにやって来る。

「こいつは旦那《だんな》！　冷やでお持ちしましょう」

壮之介は、ふらりと入った縄暖簾《なわのれん》の店で、旦那と呼ばれて大人になった気がした。

「旦那、さえねえ顔をしていなさるが、うさ晴らしにはこいつが一番でさあ」

酒場で一緒になった男達に勧められて飲むうちに、確かにうさは晴れたが、飲み進めると虚《むな》しさが募ってくるとは知らなかった。

それを埋めんとして飲めば、酔いが体を支配する。酒に飲まれぬように酔うには、まだまだ酒場での修行がいるのだ。

足がもつれ、千鳥足では誰かにぶつかることもある。

「何でえこの三一《さんぴん》！　気をつけやがれ！」

怒鳴《どな》られると、戦う本能が湧き上がり、たちまち河岸の若い衆相手に喧嘩《けんか》になった。

相手を殴りつけ、投げとばし、振り回して、壮之介は己の強さに満足したが、今ひとつ体が思うように動かず、多勢に無勢となれば、殴られ、蹴《け》られもする。

しかし、酒で痛みは麻痺《まひ》して、湧いてくるのが怒りである。

太刀を帯びていないのが幸いであった。あれば一人二人、斬っていたかもしれぬ。

「おのれ！　やるのか、この野郎！」

大暴れをするうちに、今しも後ろから酒樽《さかだる》で殴られそうになるところを、

「おう！　助っ人するぜ！」

と、助けてくれた男がいた。

「派手にやったもんだ」

棍棒《こんぼう》を手に、ニヤリと笑ったのは秋月栄三郎であった。

「おれが相手をしてやるぜ！」

栄三郎は、たちまち酔漢達を叩き伏せると、

「かくなる上は三十六計だ」

壮之介の肩を抱くようにして、その場から走り去ったのであった。

「秋月先生、どこへ行くのです」

「決まってるだろう。お前は怪我をしているから、手当をするのさ」

栄三郎は、壮之介を三上玄斎の家に連れ帰った。

「まったく、家が医院ってえのは気が利《き》いてるぜ。それしきの傷なら、自分で治せるか。ははは、そうだな」

「秋月先生、わたしは……」

「わかっているよ。お前の様子は、いつもそっと見てたのさ」

すぐに家に着いたが、栄三郎は僅かな間に壮之介の胸の痛みをすべて聞き出していた。

栄三郎自身、栗山丑之助の死には、疑念を抱いていたこともある。

それをじっくり多賀から聞き出すよい機会であった。

「おれが一緒の方が帰り易いだろう」

栄三郎は、まず壮之介を表に待たせ、手短かに多賀に事情を話してから、彼を家へと入れた。多賀は二人を人気《ひとけ》の無い診療所に招き、

「いつかこんな日がくるかもしれないと、思うておりました……」

溜息《ためいき》交じりに言った。

栄三郎が巧みに壮之介の弁護をしたので、多賀は怒りはしなかった。むしろ壮之介には、

「貴方の父上が亡くなった時のことは、いつか貴方の耳に入るだろうと気が気ではなかったのですが、そのうちに話そうと思いながら、今になってしまったことを許してくだされ」

と、詫びて、忌々《いまいま》しい記憶を辿り始めた。

松田新兵衛との立合で、

「おれは目が覚めた。剣客とは何たるかを、教えられた気がする」

丑之助は、周囲の者達にはそう漏らしていたという。

天才と言われよい気になり、上《うわ》っ面《つら》だけで剣客を気取っていたと自覚した丑之助は、本来の精神を持ち直そうと、荒行を己に課した。

しかし、そうなると道場経営が疎かになる。若くして道場主となった丑之助は、かつての相弟子に師範代を任せていた。彼らは客分であったがために、それでは自分達の身がもたないと不平を言うようになり、次第に対立するようになっていた。

岡田十松をしのぐ師範となる丑之助だからこそ、彼らはついてきたわけで、一

人の修験者と化した丑之助の厳格さにはついていけない、かくなる上は袂《たもと》を分かつしかないと彼らは丑之助と談判《だんぱん》に及んだ。

そうして、品田《しなだ》雄八郎《ゆうはちろう》、三雲《みくも》秀之助《ひでのすけ》、増子《ますこ》広之進《ひろのしん》という三人の相弟子と話し合いの席をもった帰りに、丑之助は非業の死を遂げたのであった。

「その後、三人の師範代は……？」

栄三郎は、その三人こそが怪しいと見て問うた。

「丑之助の死後、すぐに行き方知れずとなりました……」

多賀は、絞り出すように応えた。

「三人の者を問い詰めなんだのですか？」

初めて聞く話に、壮之介は身を乗り出した。

多賀は首を横に振った。

酒席で仲を元に戻そうとしたが、丑之助は権威と地位の保全、拡大ばかりに目がいく三人を、恥を知れと詰ったのではなかったか。

三人は、黙って聞いていたが、帰り道で再び詰られ、腹に据えかねて思わず斬りつけた。

弾《はず》みで一刀を浴びせると、恐ろしくなり三人は、夢中で丑之助を斬り殺し、自分達はまったく関わりのないことだと言い逃れて、さっさと江戸を立ちのいた――。

多賀はそんな疑念を抱いたが、あの日、丑之助が三人と酒席を設けたことは口にせず、三人が怪しいとは言わなかった。

「その三人は、丑之助殿が、これと見込んだ相弟子……。それを疑えば、丑之助殿が馬鹿になる、そう思ったのですね」

栄三郎が言った。

町方の調べでは、背中に無数の斬られた痕が残っていたというから、三人の犯行であったかもしれない。

しかし、多賀はそれを表沙汰《ざた》にせぬよう、働きかけたという。

多賀が何よりも思ったのは、

「壮之介が、父の仇を討つと息まき、剣客の道を歩み、その三人を追い回すために一生を費やす……。それだけは何としてでも避《さ》けたかったのです」

ということであった。

「母上……」

壮之介は苦悶《くもん》した。母の自分への愛情を思えば、それは真にありがたいことであった。

いつか知れることであろうが、その時、壮之介が人の命を救うために生きる医師になってくれていたら――。

そればかりを思っていてくれたのだろう。

聡明《そうめい》な壮之介にはすぐにわかる。

しかし、そうと知った以上、このまま放っておいてよいものか。父の無念はどうなるというのだ――。

考えあぐねていると、

「お前の父親は、果し合いの末に武運なく敗れて命を落した。それでよい」

いきなり太い声がしたかと思うと、松田新兵衛が入ってきた。

「松田先生……」

壮之介は呆気にとられた。何故ここに新兵衛が現れたのだ。栄三郎の手配であろうが、いつの間にこのような――。

「ふふふ、皆がお前を見守っているというわけだ」

栄三郎はにこりと笑った。必ず金剛麟之助は何かを仕掛けてくると見た栄三郎は、又平に申し付けて、麟之助が岸裏道場を訪ねた翌日から壮之介の行き帰りを見張らせていた。

そして今日、麟之助と別れた後、酒場に立ち寄った又平は、栄三郎を呼びに行き、その後喧嘩が始まると、新兵衛を呼びに走ったのであった。

「疑わしき者を仇と決めつけ、そ奴らを追うではないぞ。この十数年、お前の身を案じ、夫の死に様を胸に納めてきた母の想いを踏みにじるような真似はおれが許さぬ」

新兵衛は、ぴしゃりと言い切った。

それへ、間髪を容《い》れず栄三郎が、

「疑わしき者は、おれが方々に手を廻して、その後どうしているか調べてみよう。その上で裁きはお上に任せておくがよい。まあ、まず三人共ろくな暮らしはしておるまい。思えば哀れな者達ではないか。放っておけ。丑之助殿にも、何か落ち度があったのかもしれぬのだ」

労るように続けた。

「どうぞよしなにお願い申し上げます……」

多賀がおいおいと泣きながら頭を下げた。

良人が死んでからというもの、何かというと壮之介のことが気にかかった。明日、剣術に没頭しだすのではないか、父親の死に疑いを抱き、無意味な仇討ちに走らぬか……。

それが今、二人の剣客によって、よき道へと誘《いざな》われているのがはっきりわかる。

その安堵《あんど》が、母を泣かせたのだ。

「委細、先生方の御指示に従いまする」

壮之介は、深々と頭を下げた。母の愛情と苦悩が隅々に至るまで理解出来て、体中に幸せを感じていた。

そして彼は、栄三郎によって学んだ笑顔を母に向け、

「母上どうです。わたしの人を見る目は確かでございましょう」

と、胸を張ったのである。

九

それから七日が経った。

岸裏伝兵衛は、ふらりと出かけたまま依然戻ってこなかった。

松田新兵衛は、その間、栗山壮之介を徹底的に鍛え、秋月栄三郎も連日のように、壮之介に助言を与えに出かけた。

そしてその日。新兵衛は、主だった門人数人を引き連れて、神田四軒町にある金剛道場へ乗り込んだ。

門人の中に壮之介がいたことは言うまでもない。

「よし！　しっかりとな！」

と、元気よく一行を送り出した栄三郎は、

「たわけが。おぬしも来るのだ」

新兵衛に叱《しか》られて同伴した。

「よいか、気負うでない。だが、戦場《いくさば》に身を置くつもりで参れ」

門人達は、新兵衛の一言で気を引き締めた。

金剛道場は、緊張に包まれていた。

太郎左衛門は、麟之助が勝負を焦っていることが気にかかっていた。

現在、神道無念流にあって注目の新鋭といえども、太郎左衛門の目からは、麟之助の同世代に傑出した者がいないゆえに、幸運を掴んでいると見えた。

岡田十松門下の傑物・斎藤弥九郎《さいとうやくろう》は、この時はまだ十五で、彼があと三年もすれば、麟之助を追い越すであろうことを、太郎左衛門は予見していた。

今までは派手な立合、仕合で話題をさらってきたが、この先は地道に師範への道を歩むべきだと考えていた。それだけに、栗山壮之介との立合が吉と出るか凶と出るかはわからず、

――麟之助め、余計なことをしよって。

と、心の中では思っていたのである。

太郎左衛門の緊張は、そのまま門人に伝染する。

「軽く捻ってやりましょう」

などとうそぶいているが、麟之助とて落ち着かぬ思いで、この七日を過ごしてきたのは見た目に明らかだ。

それに対し、壮之介には練達の松田新兵衛と智恵《ちえ》者の秋月栄三郎が付いていた。

栄三郎は、岡田十松とは面識がある。

この間に密《ひそ》かに壮之介を連れて挨拶をさせ、金剛道場での稽古について、経緯《いきさつ》を説いた。

「ふふふ、左様か、そなたが丑之助殿の……。うむ、父に勝るとも劣らぬ面構え

じゃ。松田殿に教えを乞うたのは正しかったと思いますぞ」

と、何度も頷いてみせ、

「あの麟之助という男は、なかなかの遣い手ではあるが、人を見下す悪い癖《くせ》がある。何よりも初太刀に油断が生じる。まあ、秋月殿、立合では何が起こるかわからぬことを、彼の者に教えてやってくだされ」

さりげなく、麟之助の弱点を教えてくれたものだ。

岡田にとって、このところの金剛麟之助は、〝驕《おご》っている〟と映り、どこかで頭を打たさねばならぬと考えていたようだ。

太郎左衛門は、丁重に新兵衛達を迎えると、出来るだけ早く今日の稽古を終らせようと考えていたのだが、栄三郎はそうはさせじと、

「畏れ入りまするが、我らはまだ体馴らしができておりませんで、少しの間稽古場の端をお借りして、打込み稽古など、させていただきとうござりまする」

恭しく頼んだ。太郎左衛門としては断るわけにもいかず、これを了承したのだが、やがて金剛道場の門人達は瞠目《どうもく》した。

栄三郎は、この稽古によって、師範代である新兵衛の強さを見せつけたのだ。

今日の新兵衛は、技を引き出す側だけではなく、栄三郎を相手に己が技を披露

し、やがて激しく立合をした。

栄三郎は長年、新兵衛の術を見尽くしているゆえ、彼の立合に付合い、いかに新兵衛の強さを人に見せられるかを知っている。

稽古場の内は水を打ったように静かになり、

――かくも強い剣客が気楽流にいたのか。

と、金剛道場の門人達は皆一様に感じ入ったのである。

外で己が強さをひけらかすのを嫌う新兵衛であったが、

「これも壮之介のためである」

と耳打ちされると是非もなく、大いに張り切ったのだ。

誰よりも愕然《がくぜん》としたのが金剛兄弟であった。

――この師範代に壮之介は習っているのか。

麟之助は、自分の誘いを断った壮之介の想いがここへきてわかった。

強がりを言っても、自分が立合《たちお》うても相手にならぬと体で感じたのである。

今日の立合で壮之介を、足腰立たなくなるまで叩き伏せてやろうと思っていたが、そんなことをすれば、この鬼のように強い師範代は、道場で一暴れするであろう。

——今日のところは、壮之介とはほどほどに稽古をして、すませておこう。

彼は、兄・太郎左衛門の顔色を窺い、そのように方針を変えた。

麟之助の心に迷いと恐怖が湧いているのを、新兵衛と栄三郎はしっかりと捉えた。

「ならば引き続き、稽古と参ろう。壮之介、麟之助先生にしっかりと稽古をつけていただくがよい」

栄三郎は、麟之助を挑発するように見た。

麟之助は、すっかり気圧されていたが、どこまでも己が弱さを認めたくはないのが彼の身上である。

俄仕込みの剣術など何するものぞと、

「楽しみにしてござったぞ」

と、素早く防具を身に着けた。

今日は、徹底して壮之介をいたぶってやろうと思い、方々から人も呼んでいた。

とにかく恰好をつけねばならなかった。

新兵衛は、ただ壮之介を見て、大きく頷いた。その目は、

「初太刀を狙《ねら》え」

と言っていた。

立合はあくまでも稽古のひとつだが、初太刀を取れば印象もよいし、相手の焦りを引き出せる。

よきところで新兵衛が、

「いやいやさすがにお見事！」

と、立合を止めた時。どちらの剣士のこの先の伸びしろを人は認めるか、それが勝負だ。

壮之介は、しっかりと頷き返して、麟之助と対峙《たいじ》した。

「栄三郎、やはり、人を教えることにかけては、おぬしが上じゃ」

稽古場を見ながら、新兵衛は栄三郎に囁いた。

「岸裏先生の跡を継ぐ者が何を申すか」

「師範はおぬしが継げ、おれは今のままでよい」

「からかうなよ」

「からこうてなどおらぬ」

この二人はどこにいても、実に心地のよい言い争いをする。

「おいおい、始まるぞ……」

と、栄三郎が告げた時。

「えいッ！」

と繰《く》り出す麟之助の初太刀をかわし、

「やあッ！」

と、壮之介が、見事な抜き胴を決めていた。

それは、あの日、新兵衛が丑之助に決めた技であった。

茫然自失《ぼうぜんじしつ》の麟之助を見ながら、

「新兵衛、あの胴を教えられるのはお前しかおらぬであろうが……」

と、栄三郎が勝ち誇ったように囁くと、

「まず待て……」

新兵衛は怒ったように彼の言葉を制し、

――丑之助殿、おぬしの息子は大したものじゃ。もうすぐにこの新兵衛を打ち負かすであろう。

と、天に向かって心の内で語りかけた。

第三章　恋女房

一

夏が過ぎ、残暑が和《やわ》らぎ、九月半《なか》ばの秋雨《しゅうう》の日々も終りを告げる。
八百万《やおよろず》の神々は出雲《いずも》の国へと旅発《たびだ》った。
色なき風が吹く小六月《ころくがつ》は、十月小春《じゅうがつこはる》といわれ、暖かな秋麗《あきうらら》の頃である。
恋女房と愛息を連れて、野山に遊山《ゆさん》に出たいものだが、秋月栄三郎はという
と、いつも変わらぬ愛敬《あいきょう》に充《み》ちた表情の裏で、大いに思い悩んでいた。
その恋女房の久栄が、またも体調を崩《くず》し、床《とこ》に臥《ふ》せってしまったのだ。
市之助を産《う》んでからは、すぐに熱を出し、床に臥せっては、
「お見苦しいかぎりでございます……」

悔《くや》しそうに嘆《なげ》き、それを力にまた床を払う暮らしを送ってきたのだが、今度ばかりは様子が違った。

夏風邪《なつかぜ》をこじらせて、そこから立ち直ったというのに、高熱を発し体が言うことを聞かずに、さすがの久栄も、

「もう、前の体には戻れないようですね……」

頑張ってよくなろうと思う前に、諦《あきら》めが前に出てしまっている。

——これではいけない。

栄三郎は、久栄の前では、すぐによくなると陽気に振舞《ふるま》ってはいるのだが、病《やまい》で体の調子が優《すぐ》れぬ妻を笑わせることは難しい。

久栄の心身を疲れさせぬように、市之助を夫婦《ふうふ》の間に置くことで、家の中を和《なご》ませていたのだが、それで久栄の病がよくなるわけでもない。

何か手を打たねばならなかった。

市之助との対面をまだ果しておらぬのが、どうもおもしろくないと、栄三郎の父・正兵衛《しょうべえ》が、兄・正一郎《しょういちろう》を伴《ともな》って、近々久しぶりに出府《しゅっぷ》する運びとなっていた。

「その時には、いくらなんでもよくなっているでしょう……」

久栄は、義父《ちち》、義兄《あに》との初顔合わせを心の支えとしているので、今はそれが救いなのであるが、父と兄はもう大坂を出たはずだ。

ゆっくりと遊山を重ねて出府したとしても、到着まで一月《ひとつき》もかかるまい。

せっかく家へ来るのである。その間ずっと床に臥せっているのも、久栄にとっては無念であろう。

正兵衛と正一郎の二人が長い間家を空《あ》けると、野鍛冶《のかじ》の仕事にも障《さわ》りが出るかもしれないが、正一郎の息子の正之助《しょうのすけ》も、もう立派な大人になり、

「わしに任《まか》せておいてくれたらよろしおますがな」

などと、一端《いっぱし》の口を利《き》いているそうな。

正一郎も、そこはしっかり者であるから、二人がいない間の手当は上手につけるであろう。

「この度《たび》は、ゆるりと御逗留《ごとうりゅう》願います」

と、栄三郎は文《ふみ》を認《したた》めていた。

せめて、父と兄が帰る頃には、すっかりと元気な様子を見せてやりたい。

そう思うと、栄三郎は気ばかりが焦《あせ》っていた。

何よりも、久栄自身がかえって気を重くしているのではないかと案じられたの

だ。

岸裏伝兵衛門下においては兄弟子である町医者、土屋弘庵にも診《み》てもらった。

先日来、岸裏道場の門人として頭角を現している栗山壮之介の祖父で、名医の誉《ほま》れ高い三上玄斎にも診てもらった。

結果は、二人共に久栄の体が疲れ切っているとのことであった。

これまでの人生において、久栄の心と体を蝕《むしば》んできた様々な労苦が、幸せの絶頂にいる今も、体から抜け切らないのであろう。

ましてや、高齢で市之助を生《な》したのである。その負担は生半《なまなか》なものではない。

――そんなことは、おれが誰よりもよくわかっている。わかっているのだ。

もう今さら、かつて久栄が弟・房之助を世に出すために苦界《くがい》に沈み、消息を絶っていた頃があるなどと、誰にも話すつもりはなかった。

久栄の心身からも、栄三郎の記憶からも、それを消し去らんとして歩んできた夫婦の暮らしであった。

滋養のある物を食べ、良薬を飲み続ける――。

まずはそれしか道はないなら、とにかくそうするしかない。

――だが、それには金が要《い》る。

初めてこの水谷町に来た頃から比べると、栄三郎の暮らし向きも、それなりに格が上がってきた。

手習《てなら》い師匠として、多くの手習い子を抱えるまでになった。

それでも、貧しい者からは謝礼や、冬の炭代、節季《せっき》の礼金などは取らないので、相変わらず取次屋《とりつぎや》の仕事を内職にしているが、こちらでも安全かつ確かな収入が上がっている。

武家に奉公人を紹介する、口入屋のような役割であるとか、武家を相手に商《あきな》いをする者に口添《くちぞ》えをしてやったりとか、ちょっとした町の顔役になっているからだ。

さらに、町のもの好き達相手の剣術指南の方も、〝そば一杯分〟の謝礼で引き受けていたのだが、近頃ではそれなりの物持ちも入門するようになり、

「先生、取れる者からは取っておいてくださりませ」

と、幾《いく》ばくかの金を置いていくので食べるには困らない。

女房、子供に、乾分《こぶん》であり弟子であり番頭である相棒・又平――。

皆が何とかやっていければこれほどのことはなかろう。

しかし、もうひとつ上の暮らしにならねば、久栄の面倒を十分に見てやれま

い。

ひとつ上の暮らし——。

一家を持つ男なら、誰もが憧《あこが》れて目指すべき高みである。

だが、男にとってひとつ上に上るのは至難の業《わざ》なのだ。

秋月栄三郎のように、四十を過ぎてやっとある程度までの安定を得た男にとって、さらにひとつ上は、そびえ立つ岩壁を上るがごとき心地《ここち》がする。

そうなると、

——とにかくまとまった金を手に入れねばならぬ。

考えはそこに及ぶ。

誰かに金を借りるという選択もあるが、そうなると久栄の実弟である房之助を頼るか、栄三郎のよき理解者で、後盾《うしろだて》ともいえる田辺屋宗右衛門に相談するしかない。

今の栄三郎にとっては、二つとも避《さ》けたかった。

房之助は、今では旗本《はたもと》三千石・永井家の娘婿《むすめむこ》で当主となっているが、そもそも浪人の子であり、永井勘解由《かげゆ》が本来はありえない縁組を強行した上でのものであった。

いくら房之助のために大変な想《おも》いをした姉であっても、永井家は栄三郎を雇ってまで久栄の行方を捜し、奥向きの老女として引き取ってくれたのだ。久栄としては、自分のために金銭まで融通してもらうのは畏《おそ》れ多いと、断固として拒《こば》むであろう。

栄三郎にしてみても、かつて遊女に身を落した久栄と客として出会い、取次屋として運命的な再会を果したのは永井家のお蔭《かげ》と思っている。

形だけは離縁をして、久栄と栄三郎を結びつけて、その折には過分な祝いもしてくれた勘解由のありがたさを考えれば、金の無心などしたくなかった。

となれば、田辺屋宗右衛門に甘えればよいのかもしれない。

田辺屋は、江戸でも指折りの呉服店で、三千石の旗本よりさらに財力がある。

娘のお咲は栄三郎に剣の手ほどきを受けて、剣友の松田新兵衛に嫁《とつ》いだ。

手習い道場と新岸裏道場の地主でもあり、宗右衛門は、日頃から栄三郎贔屓《びいき》を、自慢げに公言している。

栄三郎の妻女となれば、喜んで金を融通してくれるであろうし、頼まなければそれはそれで事情がわかった時に、

「少々の金なら、何ゆえわたしに話してくださらぬのか」

と、怒るかもしれない。

とはいえ、それがわかっているだけに頼めぬ気持ちもある。

今の岸裏道場開設に当っても、以前の造作とまったく同じにしてもらえるように願い、わざわざ新築させたのは栄三郎であった。

道場を昔と同じに建て直せば、道場をたたんで放浪を繰《く》り返す師に、戻るところが出来る。松田新兵衛を師範代に据《す》えれば、以前と変わらぬ気楽さで、ぷいっと旅にも出られるはずだ。

呉服町の田辺屋から、本材木町はほど近いゆえに、お咲もそこで新兵衛と所帯を持てば、宗右衛門も寂《さび》しくなかろうし、栄三郎も手習い道場から近いので、何かというと足を運べるであろう。

あれこれ皆の幸せを考えてのことであったし、宗右衛門も、

「なに、店賃《たなちん》も頂戴《ちょうだい》いたすのです。わたしの道楽でございますよ」

と、うそぶいてくれたが、道楽とはいえ剣術道場一軒を新築したのだ。

しかも造りは同じでも、新道場は敷地も広い上に、新たな母屋《おもや》なども付随してある。

なかなかの散財をさせていた。

その折に栄三郎は、

「これは、わたしの一世一代の願いごとでござる」

と、宗右衛門に言ったものだ。

今は宗右衛門も、息子の松太郎《まつたろう》に店を任せている隠居の身である。これ以上の無心は出来なかった。

いい加減で調子が好《い》い栄三郎であるが、

「女でしくじってもええけれど、金でしくじるなよ……」

幼い時から、父・正兵衛には、そう言い聞かされてきたからか、なかなか金の貸し借りについてはしっかりしている。

博奕《ばくち》で大金を得た者からは、借り易《やす》いし、少々返すのが遅れたとて気にならないが、きっちりと金を稼いでいる者には、きっちりと返さねば気がすまない。

ゆえに返せぬ金は借りぬのが信条でもあった。

となれば、一攫千金《いっかく》を狙《ねら》い、その金をもって久栄の健康を買うしかない。

そんなやまっけが出てくる。

これほどまでに、金が欲しいと思ったことは、今までなかった。

栄三郎は思い悩んだ。

金の工面に走る自分を久栄に見せたくもなかった。

あれこれ考えると、切なくて堪《たま》らなくなってきた。

「又平……」

その日、彼は久栄の目を盗んで年来の相棒に、今の想いを伝えた。

誰かに聞いてもらわねば、気が滅入《めい》って仕方がなかったのだ。そして、こういう企《たくら》みごとが話せる相手は、又平しかいない。

手習い場の隅《すみ》で、子供達が使う文机《ふづくえ》を片付けながら二人で話していると、少しばかり心が晴れた。

「ようくわかりますよ……」

又平は神妙に頷《うなず》いた。

「あっしは、世の中には金なんかより、もっと大事なものがあるんだと、旦那《だんな》と出会ってから思うようになりやした。だが、あっしもそれなりに歳《とし》をとって、金がなけりゃあどうしても埒《らち》が明かねえこともあるもんだと、わかるようになりやした」

「まったくだ。癪《しゃく》に障るが、お前の言う通りだ。といって、泥棒をするわけにもいかねえしな」

「泥棒より、もっと悪いことをしている奴らが、のうのうと生きているってえのが、何よりも気に入らねえが……」

「こんな時、男ってえのは、まったく役に立たねえなあ……」

この時代の女ならば、かつて久栄が弟のために身を売ったように、腹を括《くく》れば何とかなるかもしれないが、男は腹を括ったとていくらにもならないものだと、栄三郎は嘆いた。

「いや、命をかければ、それなりの見返りはあるかもしれねえな」

栄三郎は、ふとあることを思いついた。

「命をかける？　そいつはいってえ……」

「取次屋として、ちょいとばかり危ねえ橋を渡ってみようかってところさ」

「旦那……」

「止めるかい？」

「ことと次第によっちゃあ」

又平は、渋い表情を浮かべたが、

「と言っても、止めたところで、旦那はおやりになるんでしょうねえ。御新造《ごしんぞう》さんの体が大事だ。あっしは何だって手伝わせていただきます。そう言わねえといけませんね」

すぐに栄三郎に真《ま》っ直《す》ぐな目を向けた。

「ありがとうよ。だが、お前には久栄の傍《そば》にいてやってもらいてえ。まずちょいと当りをつけてみるつもりさ……」

栄三郎の目は、次第に鋭い光を宿していた。

二

その夜。

栄三郎は、久栄と市之助を寝かせた後、又平に番を任せて、ふらりと表へ出た。

そうして京橋川の風に頭を冷やして向かった先は、京橋袂《たもと》にある、居酒屋〝そめじ〟であった。

かつては深川《ふかがわ》の売れっ子芸者であったお染《そめ》の店で、少し前から染次《そめじ》時代の妹芸者・竹八《たけはち》が、お竹《たけ》となって手伝っている。

栄三郎がこの界隈《かいわい》に馴染《なじ》んで以来の行きつけで、お染はもう盟友といえるだろう。

辰巳《たつみ》芸者の中でも際立っていた二人が切り盛りするのだ。このところは大いに繁盛《はんじょう》していて、お染とは年来の犬猿《けんえん》の仲である又平などは、

「おいおい、店が忙しいのは結構なことだが、馴染みの客を粗末にするんじゃあねえぞ！」

と、文句を言っては、

「又公《またこう》！　お前がいつから店の馴染みになったんだよう」

と、やり返されている。

「おや、栄三さん、今日は馬鹿《ばか》の乾分は一緒じゃあないのかい？」

紺暖簾《こんのれん》を潜《くぐ》ると、お染は早速《さっそく》、又平は一緒ではないのかと毒づいた。

「ああ、生憎《あいにく》今はおれ一人さ」

栄三郎は小さく笑った。気が塞《ふさ》ぐと、こういう変わらぬ日常の端々《はしばし》が心を和ませてくれるものだ。

「ちょうどよかったよ。今はお客の波も引いたところさ」

お染はお竹に会釈《えしゃく》すると、板場を任せて栄三郎の定席《じょうせき》である小上がりの框《かまち》に腰をかけ、名人・鉄五郎《てつごろう》作の煙管《キセル》に火を点《つ》けた。

そこは盟友である。

栄三郎が屈託を抱えている様子がすぐにわかるのだ。

さりげなく寄ってきて、無愛想に煙管で煙草《たばこ》をくゆらす。

親身になって話を聞こう、そんな野暮を言う気はない。

その言葉をも態度で表す、お染ならではの気遣《きづか》いがありがたかった。

「お染……」

「何だい……」

「そういやあ、前にお前が勧めてくれた、蔵前《くらまえ》の話なんだが」

「ああ、札差の用心棒の話かい？　頼まれたから栄三さんに話すだけは話したが、ふふふ、あんなものは忘れてくれたらいいですよ」

「引き受けようかと思っているんだが、もう遅いかい？」

「いや、遅くはないし、栄三さんが受けてくれるなら、わっちの顔も立つってもんだが、好いのかい？」

お染は小首を傾《かし》げた。

「まあ、おれも背に腹は代えられねえってところさ」

栄三郎は苦笑《にがわら》いを浮かべた。

好い間合でお竹が酒と里芋《さといも》の煮物《にもの》を運んできた。

「まあ、ゆっくりしておくんなさいまし」

日頃は多弁でも、こんな時は実にあっさりと下がるのがお竹の気が利いているところだ。

とにかく体に酒を入れたいのであろうと、ぬるめの燗《かん》にしてくれているのもありがたい。

栄三郎は、お染の酌《しゃく》でまず酒を体に流し込んで口をほぐした。

「恥ずかしい話だが、ちょいと金に転《ころ》んでみようかと思ってな」

「何も恥ずかしがることはありませんよう。生きていれば、何度かお金が要ることにぶつかりますからねえ」

「ははは、まったくだ」

札差の用心棒の話とは、以前、お染を贔屓にしていた蔵前の札差・大野《おおの》屋京右衛門《やきょうえもん》から、対談方《たいだんかた》が務《つと》まる者に心当りはないかと問い合せがあり、

「栄三さんなら立派に務まると思うが、まあこいつは無理な話だね」

十日ほど前に、お染が栄三郎に持ちかけたものである。

札差は、旗本、御家人の俸禄《ほうろく》米を換金して支払う委託業者である。また俸禄米

を形に貸金をする一面も持ち合わせていて、とかく武家に対しても態度が大きく、驕奢《きょうしゃ》をほしいままにしている者も多い。

それゆえ栄三郎は、

「札差なんぞはまったく気に入らねえ」

日頃からそう言っている。

お染は栄三郎の好き嫌いがわかっていたが、贔屓の旦那の頼みごとゆえひとまず声をかけてみたところ、

「札差の用心棒ねえ」

案《あん》の定《じょう》、栄三郎は乗り気ではなく、それ以上話はしなかったのだ。

札差の用心棒は〝対談方〟といって、〝蔵宿師《くらやどし》〟と呼ばれる連中に応対し、あれこれことを収める役割を持つ。

蔵宿師とは、旗本、御家人から雇われて、札差からの借金を成立させんとする、強請屋《ゆすりや》のような存在である。

旗本、御家人とて貸金がかさむと、札差の方でも新たな融通は出来なくなる。

そうなると旗本、御家人も他の札差に乗り換えんとするのだが、これも借金の清算が出来ていないと成立しない決まりとなっている。

それでも、はいそうですかと引き下がっていては、旗本、御家人も暮らしてはいけない。

少々の金を蔵宿師に払ってでも、金を得たい彼らは、

「どうせ高利貸しや、年貢米の横領などで巨万の富をさらう悪党共ではないか、札差などからは有無《うむ》を言わさず、脅しつけても金を払わせればよいのだ」

半ば自棄《やけ》になって迫るので、蔵宿師達は、

「天下の御直参が頭を下げて頼むと申されているのだ。貸さぬという法があるものか！」

ますます勇を得て脅しにかかる。

「某《それがし》にも武士の一分がある。借りられぬとなれば、殿様に申し訳が立たぬではないか」

かくなる上は一命をかけ、店先を血で汚してやると息まくと、店としてもつい折れて、返ってくるはずもない金を貸さねばならぬはめに陥《おちい》る。

そこで対談方の登場となるわけだ。

弁には弁で、力には力で立ち向かい、脅迫者共を追い返すのだが、そういう暴れ浪人の上手をいかねば務まらぬので、ただの用心棒では心許《こころもと》無い。

となると、確かに秋月栄三郎には似合いであった。

今までにも誘いを受けたことがあった。

だが、札差共が阿漕《あこぎ》な手口で富を得る悪党であるという想いは栄三郎とて同じである。

「いくら金を積まれても、札差の銭儲《ぜにもう》けの片棒は担ぎたくはねえや」

と断ってきた。

そんなに札差嫌いであるなら、蔵宿師の方に回る手もあるが、それはそれで、

「働きもせずに直参面《づら》をして、人から金をむしり取ることばかり考えている連中の手先になるのはもっと嫌《いや》だ」

との信念を貫《つらぬ》いてきたのである。

「栄三さんは、札差という札差が悪党だと思っているのかもしれないが、大野屋の旦那は好いお人だよ」

お染は、酒で心が幾分ほぐれた栄三郎の様子を見極《みきわ》めて、

「何といったって、わっちの贔屓だからねえ」

と、胸を張ってみせた。

「うん、確かにそうだな」

栄三郎は頷いた。

男勝りと気風《きっぷ》のよさで売っていた染次は、気に入らぬ客が相手だと、それが誰であっても座敷に出なかった。

その染次が居酒屋の女将《おかみ》となった今でも、時に店に出入りして、蔵前に市井《しせい》のことを伝えているのが大野屋京右衛門である。悪い男であるはずはない。

「決して阿漕な男じゃあありませんよ。それだけは信じておくんなさいな」

世の中の破落戸《ならずもの》達は、阿漕ではなく面倒見のよい者をかえって狙う節がある。

京右衛門とて、腕利きの対談方を抱えていたのだが、これと頼む浪人が破落戸共を叩《たた》き伏せた折に怪我《けが》をしてしまったので、彼の傷が癒《い》えるまでの間を繋《つな》いでもらいたいというのだ。

「それなら、ずうっと務めることもありませんしね。染次の口利きの旦那なら、五十両渡してもいいと」

「五十両か……」

「怪我が癒えるまでの間さえ埋めてくれたら、何か騒ぎが起こらなくても、そのお金はくれるって話ですよ。まあ、危ない橋を渡るんだから、それくらいもらって当り前ですけどね」

「わかった。そんならすまねえが、そいつが今でも生きている話かどうか訊《たず》ねてくれねえかい？」

「お安い御用《ごよう》さ」

「恩に着るぜ。それからこの話は……」

「みなまで言いなさんな。ここだけの話にしておきますよう」

「まったくお前は気が利いているねえ」

「当り前だよ。又公より頼りになるってものさ」

お染はニヤリと笑った。

五十両の金が何に要るのか、などは一切訊《いっさいき》かず、推測してみせたりもせず、淡々と話を進める。

少しばかり顔に皺《しわ》が走るようになったが、相変わらずすっきりとした好い女だと、栄三郎は盃《さかずき》を重ねながら、お染の横顔をしばらく眺めていた。

三

五十両の金を摑《つか》めば、少しは久栄の体に注《つ》ぎ込んでやれる。

まず二年くらいは金の心配も要らないだろうと思っているうちに、秋月栄三郎は思いもかけぬ、父と兄の早い来着を知ることとなる。

幸いにも大野屋京右衛門は多忙で、お染からはまだ何も言ってきていなかったのだが、お染を居酒屋に訪ねた翌日に旅先からの文が届き、さらにその翌日に正兵衛と正一郎は、手習い道場に現れたのである。

病は気からとはよく言ったもので、文が届いたその日から、久栄は元気を取り戻し、義父と義兄を正装で出迎えた。

「栄三郎、お前、こんなきれえな女《ひと》と一緒になったんかいな」

正兵衛は、会うや否《いな》やとぼけた声を発して久栄と又平を笑わせると、

「気ィ遣《つこ》たらあきまへんで。お前はんの体の具合がおもわしゅうないというのはちゃんと聞いとりまっさかいにな。わしらは久栄さんを助けに来たのであって、世話してもらうつもりはおまへんねん。まずゆっくりとさせてもらいますよってに、どうぞ横になっていておくなはれ」

と、すぐに労《いたわ》ったものだ。

市之助は、

「じいさま、じいさま……」

と、正兵衛にまとわりついたので、正兵衛は、

「ちょっとの間、借りまっせ」

かわいくて堪らないとばかりに、孫を構ったので、久栄も間が取れたようで、すぐに来客二人に馴染んだ。

正一郎は、正兵衛が喋《しゃべ》る分、口数は少なかったが、栄三郎の暮らしぶりを見てほっとしたのか、あれこれと話を聞いてはうっすらと目に涙を浮かべていた。

その日は、久栄が又平と二人で沙魚《はぜ》の煮つけ、さわらの塩焼、けんちん汁などを拵《こしら》え、楽しい夕餉《ゆうげ》となった。

「もうこれで、わしはいつ死んでもええわ」

正兵衛はその言葉を繰り返し、江戸へ来て息子の家で世話になる喜びを嚙《か》みしめたのだが、翌朝になると、正一郎を供にあたふたと出かけていった。

「ここでゆっくりとさせてもらうつもりやったんやけれど、あっちもこっちも行かんならんところがおますよってに、また来ますわ」

取りつく島もなかったのだが、江戸には日頃から文のやり取りをしている相手もあり、

「まず一通り廻《まわ》らんと、何やしらん、落ち着けへんのでな」

というのが、いかにも正兵衛らしかった。

栄三郎の家にはいたいのだが、正兵衛は一目で久栄の体がまだ本調子ではないのを見抜いていて、

「休んでくれてんとあきまへんで」

と言ったところで、久栄がじっとしてはいられないだろうと、気遣ったのが本当のところであろう。

久栄にはそれが心苦しかったが、

「いや、思うようにさせてやっておくれ。親父《おやじ》殿は、あのようにじっとしていられぬお人でな……」

栄三郎はこともなげに言った。

どんな時でも自分の好きなように動くのが正兵衛の身上で、自分は気を遣っても、人に気遣われるのが嫌いだという、我が儘《まま》な性分でもあるのだ。

とはいえ、律儀なところもあり、夕方にはひとまず戻ってきて、栄三郎の父親に一目会いたいという者達との顔合わせに刻《とき》を忘れた。

「わしは偉い人やあれへんよってに、恥ずかしいなあ」

正兵衛が困惑するほどに、手習い道場には人が押し寄せた。

善兵衛《ぜんべえ》長屋の住人はもちろん、又平の兄弟分である駒吉《こまきち》、田辺屋宗右衛門も、店の男衆《おとこし》である勘太《かんた》、乙次《おとじ》、千三《せんぞう》のこんにゃく三兄弟を供に自らがやって来た。

さらに松田新兵衛、お咲夫婦が来て、

「岸裏先生が是非《ぜひ》とも一献《いっこん》差し上げたいと仰《おっしゃ》っておりまして……」

と、正兵衛、正一郎を攫《さら》うように連れていった。

もう三十年近くも前に、岸裏伝兵衛は大坂に旅をした折、まだ少年であった栄三郎が剣客《けんかく》志望であると知り、その才を見込んで江戸へ連れて帰った。

その後は、伝兵衛も大坂へ、正兵衛も江戸に行ったことはあったものの、すれ違いが続いていた。

伝兵衛にしてみても、息子を大坂から離れさせたすまなさを正兵衛には覚えている。

それゆえ、

「いかがでござるかな。次男坊もなかなかの男になったと存ずるが……」

と、直《じか》に確かめたかったのだ。

「いやいや、忝《かたじけの》うございます。江戸へ下ったのが、栄三郎にとっての幸せであったと、今つくづくと感じ入っております」

正兵衛の言葉に取り繕《つくろ》ったものはない。

父と師が、四十を過ぎた自分について評している。

栄三郎は、野鍛冶あがりの剣客とも手習い師匠とも、町の俠客《きようかく》ともつかぬ身を、二人が認めてくれたことで、ひとまず人生におけるひとつの山を登り切ったような気がした。

とはいえ、男の道はまだ半ばである。二人が子や弟子を育てたように、栄三郎は我が子の成長と手習い子の行く末をしっかり見届けねばならぬのであろう。

「ほんまに嬉《うれ》しおますわ。岸裏先生、この先も倅《せがれ》をよろしゅうお頼《たの》申します」

正兵衛はしたたか酔って、その日は岸裏道場に泊まっていくように勧められ、それに甘えた。

正一郎も付き添ったのだが、彼は宴《うたげ》の場から出て栄三郎と正兵衛の寝床を整《ととの》えてやりながら、

「久栄殿は、随分《ずいぶん》と悪いのか……?」

囁《ささや》くように問うた。

「ええことはないなあ……」

この先は薬と食事に工夫をして、必ず元気を取り戻させてやるのだと、栄三郎

が告げると、正一郎は神妙に頷いて、

「そうか、そうしたげなはれ。そのためにはしっかり稼がんとあかんな」

人の体については、周りでどうすることも出来ない。そんな苦悩に弟が呑《の》み込まれているのかと思うと、正一郎は胸が締めつけられるようだ。

「そうやがな。稼がんとあきまへんねんがな。そやよってに、近々家を空けんとあかんことも出てきそうでなあ」

「そら仕事となったら仕方がないがな。わしらもゆっくりと逗留させてもらうつもりやよってに、気にせんと行ってきたらええわ。お前がいてへん間は、わしと親父殿が、久栄殿と市之助の世話をさせてもらうよってにな」

「せっかく来てもろたというのに、申し訳ないなあ」

「いや、親父殿もわしもな、これというて江戸見物をしたいわけでもなし、お前の家にいてあれこれ話をしたり、ご近所の人との付合いをしてみたり、そんなことをしたいと思ているのや」

そうはいっても、江戸へ来た当初はなかなか久栄も、義父、義兄の人となりに馴れるのも大変であろうから、徐々に馴れてもらうつもりなのだと笑った。

人情の機微《きび》を細やかに慮《おもんぱか》るのは、皆一様に栄三郎と似ている。

今日、正兵衛が酔ったとはいえわざわざ岸裏道場に泊まったのも、長く一緒にいても疲れない間柄への足馴らしを、久栄のために考えているのがわかる。

「人は生きるのが仕事でおます。ところがいつか死んでしまうことをわかってしもてますよってに、夢を見たとて虚《むな》しいことや。そやよってに楽しみを見つけんとあきまへん。どんな時にでも楽しみを見つけて生きてたら、短い一生も捨てたもんやない、わてはそない思うております……」

まだ伝兵衛の部屋で飲みつつ、上機嫌で語る正兵衛の声が聞こえてきた。

兄弟はニヤリと笑い合った。

酔うといつも飛び出す正兵衛の口癖《くちぐせ》であったからだ。

改めて聞くと、正兵衛の人生訓は新鮮であった。

人はどうせ死ぬ。長命な人もいれば、短命な人もいる。

だが、長命であっても何の楽しみも見出《みいだ》せないまま死んでしまう者も多い。

楽しみを見出したがために、それに疲れて短命に終るとしたら、それもまた悪くはなかろう。

病弱になってしまった久栄であるが、一病息災という言葉もある。

屈強かつ身体壮健な武芸者も、実は若い頃に行った苦行によって体の奥底が壊れていて、思いもかけずぽっくりと逝《い》ってしまうこともあると、医師の弘庵も言っていた。

つまるところ、人の一生など臨終《りんじゅう》の時にならぬと何もわからないのである。

自分の周囲の者達に、少しでも楽しみを見出してやろう。

「親父殿と兄さんが来てくれて、ほんまによかった。あれこれと、よろしゅう頼みます……」

このところ少しばかり吊《つ》り上がっていた栄三郎の目尻《めじり》が、みるみるうちにやさしいものとなっていた。

四

さらにその翌日。

正兵衛と正一郎は昼過ぎに手習い道場に戻ってきて、久栄と語らい、市之助と遊んだ。

「こんな時に、体の具合を崩すとは、真《まこと》に面目《めんぼく》ございません……」

まだ本調子にほど遠く、寝たり起きたりを繰り返している久栄は、義父、義兄

に詫《わ》びたが、

「なにを言うてますのや。先だっても言うたように、わしも正一郎もあんたに会いとうて来ましたんやで、あれこれ世話をしてもらおと思て来たんやおまへんがな。きれえな嫁に料理を拵えてもろうて、物見遊山に連れていってもろうて……、そんなもん二日もしたらお互いに飽きてくるというものや。好きな時に見物に出て、あんたが退屈している時に、こないして話ができたら言うことはおまへん」

正兵衛は、さらりと言ってのけた。

「長続きするようにしまへんとな……」

正兵衛がニコリと笑う様子は、栄三郎とそっくりである。

偶然にも遊女と客として馴染んでから十二年になるだろうか。

五年後に再会してから今日まで、久栄はいつも栄三郎の顔を目に焼き付けてきたが、今は正兵衛の顔を目に焼き付け、それを重ね合わせてみる楽しみがひとつ出来た。

「それでは、色々と甘えさせていただきます」

「うむ、それでよろしい」

嫁と舅《しゅうと》は、絶妙の間合を保つことで、すっかりと馴染んだのである。

そして、夕方になると、栄三郎は久栄と市之助を又平に託《たく》して、正兵衛と正一郎を連れて、〝そめじ〟に出かけた。

お染とお竹は大いに喜び、

「大坂のお人の口に合うかどうか、心配ですがねえ……」

と、言いながら、平目《ひらめ》や茄子《なす》でもてなした。

「わしは食べる物にあれこれ蘊蓄《うんちく》は言いまへん。ええ女と酒があれば何よりやがな」

正兵衛は、ここでも好調であった。

「さすがは栄三さんの親父さまだ。言うことがいちいち粋《いき》だねえ」

「お兄さんはまた渋いお人だ。口数は栄三さんに置いて生まれてきなすったとか……」

お染とお竹も、この界隈の名物男である秋月栄三郎の父と兄が気に入ったか、三味線《しゃみせん》まで持ち出して、他の馴染みの客も巻き込み、座を盛り上げた。

そうしておいて、お染はそっと店の表に栄三郎を呼び出して、

「大野屋の旦那とは話したよ」

と告げた。

「そいつはすまなかったな。で、まだ口はありそうか」

「すぐにでも来てもらいたいってさ」

「そうかい、そいつはありがてえような、おっかねえような……」

「栄三さんなら大丈夫だよ。他にも二人ほど用心棒はいるようなんだけどね。束《たば》ねになる人がいないと、相手につけ込まれるらしいんだ……」

「蔵宿師に手強《てごわ》い奴がいるのかい？」

「なかなか面倒なのがいるようだねえ」

お染は大野屋京右衛門から聞いた話を、さらに人を頼って調べてみたという。

それによると、山野井豪太郎《やまのいごうたろう》という不良浪人が、このところ腕利きの蔵宿師として、乾分を方々に派遣しつつ、札差から金をせしめているという。

札差仲間も、手をこまねいているわけではないが、弁も立ち対談方を巧《たく》みに挑発して、争いに持ち込むと実に腕が立つ。

こうなると、これ切りにしてもらいたいという条件で、札差も金を貸すしか道がないのだそうな。

「なるほど、そんな奴とは関《かか》わりたくはねえが、楽な銭儲けなどないから、心してかかるか……」

「怒っちゃいけませんよ。相手の調子に乗らないことだ」

「そうだな」

「まず大野屋へ出向いて話を聞いてみればいいですよ。その上で気に入らなければ、断ってもらっても構いませんからね」

「わかった。恩に着るぜ」

「いや、わっちもこれで顔が立ったってものですよ」

店の中では、正兵衛と正一郎が大笑いする声が聞こえてきた。

栄三郎は、久栄も含めて皆に何と言って、蔵前に出かけようか。

そのことばかりを考えていた。

五

「ちょいと浅草《あさくさ》の方で、芝居絡《しばいがら》みのいざこざがあったそうで、その相談に乗ってくれと大二郎《だいじろう》から頼まれたので行ってくるよ……」

栄三郎は、そう言って翌朝家を出た。

大二郎というのは、岸裏道場の弟弟子岩石《いわいし》大二郎のことで、今は河村文弥《かわむらふみや》という名の役者となって奥山《おくやま》の宮地《みやち》芝居に出ている。

とかく人騒がせな男で、今まで何度も栄三郎は助けてやっていただけに、よく話題に上っていた。

このところは芝居にも味が出て、それなりに人気を博しているのだが、大二郎の名を出せば周囲の者達は納得しやすい。

又平だけには、

「ちょいとばかり危ねえ橋を渡ってくるが、案ずることはねえよ。何人か手下をつけてくれるようだからな」

と、耳打ちしておいたのだが、この日は朝から正兵衛が正一郎に手伝わせて、うどんを打ったりして、久栄の無聊《ぶりよう》を慰《なぐさ》めていたので、その騒々《そうぞう》しさに乗じて出かけることが出来たのだ。

――大二郎には口裏を合わせてくれるよう、後で立ち寄っておこう。

思わぬところで役に立つ弟弟子だと、栄三郎の胸の内におかしみが湧《わ》いてきた。

十津川《とつがわ》郷士の武勇に勝《すぐ》れた家の出であるというのに、江戸での剣術修行を捨て役者になったと聞いた時は驚いたものだ。

松田新兵衛などは、

「まったく怪《け》しからん！」

と、長い間怒っていたくらいだが、

――思えば、あ奴はおれよりも余ほど、生きる上での楽しみを見つけたのかもしれぬ。

栄三郎はそんな気にさせられる。

権威と保身に走る武士達に嫌けがさして、市井に馴染み、取次屋などという看板を掲《かか》げるようになったが、手習い師匠の傍《かたわ》らで、剣客であることは捨てられなかった。

といって、松田新兵衛のような腕を持ち合わせているわけではない。

それでもここぞとなれば、剣を揮《ふる》い存分に破落戸共とやり合える自負はある。

――大二郎は芝居にまっしぐらだが、おれは楽しみの幅を広げ過ぎたのだな。

その先に山野井 某《なにがし》との対決が待っていたのかもしれない。

鉄砲洲《てつぽうず》の船宿で船を頼み、御厩河岸《おんまやがし》へ。

幕府の広大な米蔵が建ち並ぶ景観は、いつ見ても圧巻である。

札差を忌《い》み嫌ってきたが、男と生まれて、このような大きなところで、大きな金を動かし、大勢の人や巨大な物を集める仕事に就くのも、さぞ痛快であろう。そのようにも思えてくる。

ここにたかってくる蠅《はえ》のような連中を、追い払い、五十両の金にありつかんとする自分が、どこか滑稽《こっけい》であった。

お染が詳しく教えてくれていたので、大野屋はすぐにわかった。

あれこれお染から噂《うわさ》を聞いていたのであろう。

主《あるじ》の京右衛門は、栄三郎が来るのを今か今かと待っていた。

お染が気に入る旦那であるから悪い男ではあるまい。栄三郎がそう思うように、京右衛門もまた、お染が勧める取次屋栄三なる男は、なかなかの者に違いないと思っていたようだ。

「これはご足労をおかけいたしました……」

京右衛門は、栄三郎を大きな間口の店先まで出迎えると、

「やはり、思っていた通りの御方でございました」

手を取らんばかりにして、満面に笑みを浮かべた。

歳は五十を過ぎたところか、柔和な顔の中に、生き馬の目を抜く商人の中で生

き抜いてきた凄《すご》みがあった。

いざとなったら腹を括る覚悟が彼の目に浮かんでいた。

――この旦那なら、話ができそうだ。

栄三郎は少しほっとした。

長年付合いがあっても、何とはなしに苦手な相手もいるし、昨日今日の付合いで、すっかりとわかりあえる者もいる。

大野屋京右衛門は後者の方と思われる。

たちまち和やかな風情《ふぜい》が漂《ただよ》った。

栄三郎は、まず店の奥座敷に通された。

床の間には水墨画、生花が飾られ、脇《わき》の違い棚には陶器などが飾られてあるが、どれもさりげない味わいである。

金にあかした豪奢《ごうしゃ》な趣《おもむき》ではないところが、心地よかった。

「勝手なことを言いますが、大坂から父親と兄が来ておりまして、その上にちと具合が悪い女房を抱えております。それゆえここに泊まり込むわけにもいきませぬ。だが、大野屋殿の御役に立ちたいし、金も欲しい」

栄三郎は、堂々と己《おの》が懸念《けねん》を述べた。

「そのあたりのことは、染次から話を伺《うかご》うております」

京右衛門は、栄三郎の物言いが気に入ったようで、弾《はず》むような口調《くちょう》で応《こた》えた。

「染次から？」

「はい」

お染は何も訊ねなかったが、正兵衛、正一郎の出府と、久栄が体の具合を悪くしていることなどを察して、お染なりに嚙み砕《くだ》いて、京右衛門に伝えていたようだ。

「それは手回しのよいことでござる」

栄三郎は畏《かしこ》まってみせた。

「毎日、詰《つ》めていただかずとも、日頃は二人ばかり他にも先生方が詰めてくださっておりますので大事はございません」

「難敵が現れそうな時だけ、詰めていればよいのかな？」

「そうしていただけたら……」

「さしずめ、そろそろ山野井某が来そうなのでござるな？」

「ははは、これは話が早《はよ》うございます」

「染次姐《ねえ》さんの手回しがよいからですよ」

「確かに、ありがたい姐さんです。お察しの通り、山野井が現れそうな気がいたします」

山野井豪太郎は、方々の旗本、御家人の蔵宿師を務めているのだが、近頃では大野屋の顧客に出入りしているとの情報が入ったらしい。

決して大きな額を言い立てはしないのが、山野井の巧みさで、札差達はついついことなかれを考え、承諾してしまうらしい。

「なるほど、だが、同じ手は何度も使えますまい。一度でできるだけ金を引っ張ろうとするのが人情では……？」

「そこでございます。山野井豪太郎は、その金をさらに金貸しに預け、増やすように仲立ちをしているようなのです」

「う～む……。それは考えましたな」

栄三郎は唸《うな》った。

山野井は、旗本、御家人の懐《ふところ》事情を見定め、もう借りる枠《わく》はないという家に、

「諦めずに僅《わず》かでも借りて参りましょう。その金を一旦《いったん》、金貸しに預ければ、そこからさらに利を得ることも叶《かな》いましょうぞ」

などと話を持ちかけ、家の代理人として札差と交渉に当るのだ。僅かな金であっても、方々の家の分と共に一所に集めれば、貸金が大規模に出来るであろう。

山野井は、旗本、御家人からは謝礼を、金貸しからは部をもらう。金貸しの手法はあっても、資金が集まらぬ者にとっては、山野井の集金はありがたい。

旗本、御家人の諸家も、諦めていた借金が出来て、割増になった分は、借りた分ではなく利として積まれるわけであるから、大いに助かるのだ。

恐らくは、貸金の取り立ても山野井が請け負っているのであろう。

「札差の連中も、どうせ踏み倒される金とはいえ、形としては貸すのですから、まあ仕方がないかというところですが、わたしはどうも腹が立ちましてねえ」

黙ってされるがままになっていては男がすたると、京右衛門は言うのである。

蔵宿師撃退に五十両で用心棒を雇うなら、黙って、二、三十両払ってやる方が楽かもしれない。

それでも、このままにしてはおけぬという京右衛門の心意気に、栄三郎は惹《ひ》かれた。

大野屋の名をお染から聞いた時から、栄三郎はそれとなくその噂を集めてみたが、思い上がったところはなく、なかなかの篤志家《とくしか》でもあるという。

今日、店に来て様子を窺《うかが》うと、噂通りであり、気性もさっぱりとしていて男気に溢《あふ》れている。

「そういうことなら、わたしも気合を入れて、山野井豪太郎を追い返してみせましょう」

栄三郎は居ずまいを正した。

「それは忝うございます。何卒《なにとぞ》よしなに願います」

京右衛門は大きく頷いた。

「さりながら、ひとつだけ申し上げておきますが、敵をただ追い払うのではなく、少しばかり逃げ道と相手の一分も立ててやらねばならぬかと存ずる」

あまり追い込んでも自棄になって、何をしでかすかわからない。

完勝を目指すのではなく、こっちも少しは負けてやらねば、後々揉《も》める元になってしまうものだ。

「よくわかります」

京右衛門はニヤリと笑った。

「その負けるところも、みな旦那にお任せいたしましょう」

気に入ったとばかりに、京右衛門は栄三郎にすべてを託したのであった。

六

その二日後に、大野屋から秋月栄三郎に呼び出しがかかった。

久栄を慮って、京右衛門との繋《つる》ぎはすべて〝そめじ〟を中継した。

暖簾の横に、赤い真田紐《さなだひも》を吊してあれば、大野屋からの遣いが来たということで、栄三郎と又平がこれを半刻《はんとき》（約一時間）毎《ごと》に確かめにいったところ、この日の昼下がりに件《くだん》の目印を栄三郎自身が見つけたのである。

遂《つい》に山野井豪太郎の遣いが朝にやって来て、京右衛門は翌夕に訪ねてくるようにと応えたという。

家の方は相変わらずで、義父、義兄のために動こうとする久栄を、正兵衛と正一郎が押し止《とど》め、これに又平が加わって、久栄と市之助の世話をしていた。

栄三郎は、その間隙《かんげき》を縫《ぬ》って、父と兄を京橋近くの名所、名店に案内して、二人を喜ばせていたのだが、

「演目《だしもの》のことで、何やらおれに訊きたいことがあるそうな」

この度もまた、河村一座のせいにして出かけたものだ。

久栄は詳しくは訊ねなかった。

親友の難儀を放っておけないのは栄三郎の魅力であるし、そういう男であってもらいたいのが久栄の信条であった。

まだ熱が少しばかりあるようだが、義父、義兄から栄三郎の子供の頃の話などを聞くのは、今の久栄にとって何よりの楽しみでもあった。

「行ってらっしゃいませ……」

栄三郎を送り出す時は、わざわざ着物も着替えて、幾分表情にも生気が戻っていた。

——よし、待っていよ。五十両を稼ぐからな。

栄三郎は、気負いを抑えつつ、この仕事で久栄の体を元通りにするのだという強い意志を固めた。

大野屋京右衛門は、

「来てくださるのなら、まず五十両をお支払いします」

とまで言ってくれていたが、何もせぬうちから金をもらうのは取次屋の信条に反する。

あれこれと動くのに金も要るので、

「それなら、二両だけ当座の掛かりに使わせていただきましょう」

と言って、それだけを手にした。

たとえ二両でも、一旦金をもらうと、命をかけてやり遂《と》げねばならない。

その決意を固めるための二両であるともいえる。

この日は船を使わず、半刻以上をかけて歩いて蔵前に出た。

いざという時に備えて、体をしっかりと温めておきたかったのである。

大野屋へ入ると、常雇いの用心棒二人が付き添って、京右衛門が迎えてくれた。

二人は、才木《さいき》、近本《ちかもと》という三十半ばの浪人で、先日既《すで》に顔合わせはすんでいた。

両人共に武骨者だが、話し口調も丁寧《ていねい》で、

「主殿から何と聞かされているかはしらぬが、わたしはそれほど大した男ではござらぬによって、気遣いは無用に願います」

栄三郎はかえって恐縮して、このように伝えたのだが、そもそもが二人共に生《き》

「秋月殿こそお気遣いなきように願いまする」

真面目《まじめ》な男で、

「某は、このような口の利き方しかできぬゆえ……」

と言って、栄三郎の緊張を和ませたのであった。

ここにも大野屋京右衛門の人となりが表れていた。

栄三郎にとっては実にありがたい組下の者であるといえる。

しかも、武骨者のようでいて、二人はなかなか抜け目なく情報を仕入れていて、

「山野井豪太郎がよく使う手口は、これでござる」

才木は腹を切る仕草をしてみせた。

「金を用立ててくれねば、腹を切って武士の面目を立てる……、というやつでござるな」

栄三郎は、顔をしかめてみせる。

「腹を切るならば勝手に切れというところでございますが、俸禄米を扱う店先を血で汚されては、どんな苦情を言い立てられるか、しれたものではございません」

京右衛門は、帳場とは土間を通して反対側の暖簾口に、栄三郎を誘いながら溜《ため》息《いき》をついた。

その向こうの二段上がったところに、蔵宿師を迎え撃つ座敷があった。店先では人目につくゆえ、ひとまずここに上げようというのであろう。

「ふふふ、本気で腹を切るつもりなどなかろうものを……」

山野井はその手を何度も使っているのだ。その度に腹を切っていては、命がいくつあっても堪らない。

「いや、しかし山野井は毎度、死んでも仕方がないと、性根を据えているようでござる」

近本が言った。

「ほう、その刹《せつ》那《な》、奴は狂ってしまうことができるので？」

「本当に腹を刀で突いたことも何度かあったと聞いておりまする」

才木もその話については怪しいものだと思っていたが、実際に山野井豪太郎が腹に巻かれた晒《さらし》を真っ赤に染めて苦痛にのたうつ姿を見かけた者が何人もいるらしいのだ。

「左様《さよう》か。ならば奴の腹は刀傷だらけなのでござろうな」

「少しくらい腹を切ったとて、札差から金をふんだくってやることができるなら、痛くもかゆくもないというところでござろう」

才木が呆《あき》れたように言うのを聞きながら、栄三郎は頭を捻《ひね》って、

「なるほど、大した性根のようだが、まずとんだ猿芝居と考えた方がよろしかろう」

不敵な笑みを浮かべた。

「まだ、奴が訪ねて来るまでには間がありましょう。それまでにちと、こちらも迎え撃つ用意をいたしませぬとな……」

七

果して、山野井豪太郎は手下を一人連れてやってきた。

夕刻七つ（午後四時頃）の頃であろうか。

大野屋京右衛門は、番頭一人と秋月栄三郎だけを伴い、件の一間《ひとま》でこれを迎えた。

山野井は、堂々たる体軀《たいく》。金剛力士のような面構えに、ふさふさと縮《ちぢ》れたもみ

あげが、いかにも豪傑《ごうけつ》を思わせる。

手下の武士は、山野井を一廻り小さくしたような男だが、二人が厳《きび》しい表情でかつ、立居振舞《たちいふるまい》が仰々しく店に現れると、なかなかに壮観であった。

意外や、山野井は栄三郎に対して敵愾心《てきがいしん》をむき出しにはしてこなかった。

自分は、旗本、阿川壱岐《あがわいき》の用人を務める山野井豪太郎だと丁重《ていちょう》に名乗り、

「今日は主殿に、たっての願いがあり参ってござる」

と畏まった。

用人とはよく言ったものだが、日雇いの渡り用人を抱えて、家の財政を立て直さんとする武家は多い。

ひとまず今は、阿川家の家中の者なのであろう。

それでも、正攻法でくる山野井に、栄三郎の腕も鳴った。

「お訪ねのむきは、大よそお察し申し上げます」

京右衛門は、実に落ち着き払って応えた。

栄三郎は、わくわくしてきた。

このところのちっぽけな取次屋の仕事を思うと、攻める側も守る側も、なかなか一筋縄ではいかない。

そこで腕を発揮せんとする自分が、誇らしく楽しくなってきたのである。

「ならば、まどろこしいことは申さぬ。いかほど融通を願えまするかな？」

一転してにこやかに語る山野井に、

「いかほど？　もうお貸しするだけのものはみな、お渡しいたしたはずでございます。この上に金を貸せとのことならば、きっぱりとお断りいたします」

京右衛門は、言葉に力を込めた。

「う〜む。それは残念じゃ。だが、我らとて、このまま帰ったならば、主への面目が立たぬ……」

山野井は静かに応えた。

「申し訳ございませぬが、貴方様《あなた》の面目は、手前共にはあずかり知らぬことにございます」

京右衛門は引かない。

栄三郎は口許に笑みを湛《たた》え、何も言わない。

「さもあろうな」

山野井はしかつめらしく頷いて、手下の武士に、

「大野屋殿が申されることはもっともだが、この山野井豪太郎にも武士の一分が

ある。おぬしは、某のけじめのつけ方を確《しか》とその目に留め置き、我が主君にお伝えしてくれ」

厳《おごそ》かに言った。

「あいやお待ちくだされ」

ここで初めて栄三郎が口を開いた。

「貴殿のけじめとは、この家の店先で腹を召《め》されるということではございませぬかな」

「いかにも。店先を血で汚すは本意ではござらぬが、某も一命をなげうっての覚悟でござる。何卒お見逃しのほどを……」

「貴殿の御覚悟は、真に武士の鑑《かがみ》と存じまするが、何も命をかけるまでもござりますまい」

「たかが金のためにと思われましょうが、それが某の使命となれば止《や》むをえぬ」

「某は気楽流剣術指南・秋月栄三郎と申しまする。大野屋殿にはちと義理がござりましてな。貴殿との話を丸く収めるようにと出張って参った次第で」

「丸くは収まりますまい」

「さて、それは貴殿次第でござりましょう。大野屋殿、某に預けてくださらぬかな」

栄三郎は京右衛門に断りを入れると、

「ここでは何でござる。ちとところを変えようではございませぬか」

と、山野井を促《うなが》した。

「ところを変える？」

「はい。まずは奥の一間へ。大野屋殿、それでよろしゅうござるな」

「致し方ございませぬな……」

京右衛門は、嘆息《たんそく》してみせた。

──よし、幾らかにはなる。

山野井はそれを確信して、恭しく礼をしたのであった。

栄三郎は、どこまでも泰然自若《たいぜんじじゃく》としている。


山野井豪太郎は、土間の通り庭を辿《たど》って、小さな蔵へと案内された。

そこには、ちょっとした支払いの金などが置かれていて、人目につかぬところで、蔵宿師に金を渡すには好都合なのに違いない──。

山野井は、てっきりそのように思ったのであるが、足を踏み入れた蔵は、表の美しい白壁からは想像もつかぬ殺風景な土間で、明かり取りの窓からは十分な光が射《さ》しているものの、それゆえかえって土間の汚れが目立った。ところどころに赤黒いしみがこびりついているのだ。

山野井はむっとして、

「秋月殿は、丸く収めると申されたが、斯様《かよう》なところへ某を連れてきて、何とするおつもりか」

声に凄みを利かせた。

「いや、貴殿が武士の一分を立てると仰せになられたゆえ、腹を切るに相応《ふさわ》しいところに案内いたしたのでござる」

栄三郎は淡々と応えた。

「何だと……？」

山野井の手下が気色《けしき》ばんだ。

「はて？　何がお気に召さぬのじゃ。山野井殿は武士の一分を立てて腹を切る。それをおぬしが見届ける、そのような話になっていたのではござらなんだのか？」

手下が言葉に詰《つま》った。

「某が丸く収めると申したのは、貴殿らからの金の無心に応えるというものではござらぬ。まず話をして、気にいらねば御存念通りに、ここで腹を召されよ」

「店先では人目に立つゆえ、ここで腹を切れとな」

山野井の眼光はみるみるうちに鋭くなっていく。

「人目に立つのはよいが、それでは大野屋にとっても、阿川様にとっても、よいことにはなりませぬ。腹を切りたいと申された御方は以前にもあったようで、その折はここで果てられたとか……」

これは嘘《うそ》である。この部屋の床に古い血痕《けっこん》らしきものを染料でつけ、いかにもそれらしい風情にしたのは栄三郎の智恵《ちえ》であった。

山野井の話とて、半分は嘘であるのだ。

この場には主の大野屋京右衛門はいない。栄三郎の勘違いであったと済まされるくらいの嘘なら、程よいはったりになる。

――おのれ。

山野井は内心で歯噛みをした。はったりかとも思ったが、同じ脅し文句で、その挙句《あげく》に本当に腹を切った食い詰め浪人などがいたとて、何もおかしくはない。かくなる上は、無理押しに難癖《なんくせ》をつけて、腕にものを言わせるしかない。

――いや、とは申せこ奴は、〝まず話をして、気にいらねば御存念通りに……〟と申した。

そこに考えが及んだ時、

「何もここで腹を切ることもござるまい。腹に巻いた晒の中に仕込んだ物が邪魔で、まともに腹も切れますまい」

栄三郎が宥《なだ》めにかかった。

――こ奴め。

山野井は、油断ならぬ奴と唸った。

今まで腹に刀を突き立てたのは、いずれも晒の中に血のりが入った皮袋をさらに幾重《いくえ》にも包み、晒が血で染まる仕掛を施《ほどこ》した上での芝居であった。

栄三郎は、そういう仕込みがあるのだろうと踏んで、かまをかけたのだが、それはぴたりと当っていた。

山野井はその動揺を見破られぬように、

「晒の中に仕込んだ物……？　某を愚弄《ぐろう》いたすか」

と、斬《き》り合いも辞さぬという構えをみせた。

「おのれ……！」

手下の武士は、柄《つか》に手をかけた。

「まず待たれよ！」

その刹那、栄三郎が鞘《さや》ごと腰から抜いた太刀《たち》の鐺《こじり》が、手下の手を押さえてい
た。

——こ奴め、存外にできる。

緊迫する山野井の目に、開け放たれた蔵の戸の向こうに立つ、近本、才木の姿
が映った。

山野井も腕に覚えはあるが、今争っては明らかに不利であった。

栄三郎はニコリと笑って、

「まず話を聞いてくだされ。腹を切る切らぬはその後の話でござろう」

と、また山野井を宥めにかかった。

「あいわかった。秋月殿、そなたに話は預けよう」

山野井は、悔しくはあるが、今はこの男に従うしかないと、あっさり耳を傾け
たのである。

それから小半刻《こはんとき》（約三〇分）で、山野井は手下を連れて大野屋を退散した。

栄三郎が五両の金で話をつけたのだ。

さらに山野井豪太郎には一両、手下には二分の心付を包んだ。

これくらいの出費なら、大野屋にとっては何ほどのものではない。

山野井もひとまず面目が立つ。

阿川家をうまく言いくるめることくらい、この男には何でもないだろうし、己が手間賃も出たというものだ。

秋月栄三郎なる対談方にしてやられた。

その想いは悔しさと共に残ったが、いちいちこだわっていては、仕事にならぬのだ。

――ただ、金兵衛《きんべえ》には嫌みを言われるだろうがな。

どうやら、山野井の背後にいて、彼が集めた金を動かしている金貸しは、金兵衛というらしい。

それが秋月栄三郎と少なからぬ因縁があることを、栄三郎は知る由《よし》もなかった。

八

札差・大野屋の対談方として、秋月栄三郎は蔵宿師・山野井豪太郎を追い払った。

山野井は大野屋の条件を呑んだものの、

「御主《おしゅう》の許しもなく決めるわけにも参らぬゆえ、まず許しを得て十日の後に参上いたす」

と、五両の金は受け取らずに帰った。

その間に何か仕掛けてくる可能性もあったが、金を受け取らずに帰ったのは、山野井のせめてもの意地であり、十日後は大野屋が渡した五両の念書を、誰か他の者に持たせてくるのではないかと栄三郎は見ていた。

とにかく話はすんだのだ。

大野屋京右衛門は大喜びをして、すぐに五十両を渡そうとしてくれたが、栄三郎は念のため十日後にいただきましょうと言って、再び手習い道場にいて、日常の暮らしに戻った。

用度《ようど》にもらった二両は、まだ使い切っていなかったので、買えるだけの強壮薬に、鴨《かも》や軍鶏《シャモ》を仕入れ、久栄の体を気遣った。

父・正兵衛と兄・正一郎のお蔭で、久栄の容態は少し持ち直したが、まだまだ日常の暮らしが出来るほどの体力はない。

栄三郎が傍にいて、薬と食べ物で滋養をつけるのが何よりであった。

あまり自分が寝間に引っ込んでいてはいかぬであろうと、久栄も奮起して着物を替えて、時に手習い子の前に現れた。

子供達は喜んで久栄にまとわりつき、大人びた女児達は、競うように市之助の世話をしたものだ。

久栄は、やはり自分は誰よりも幸せであると、人生の喜びを嚙みしめていた。

その姿を見て栄三郎は人知れず涙を流した。

弟・房之助を世に出さんとして、自ら苦界に沈み金を残し、彼女は姿を消した。

そして弟の立身だけを望みに暮らす久栄を、悪党が房之助の姉であると知り強請《ゆす》った。

久栄は弟を守らんとして、品川《しながわ》から根津《ねづ》の妓楼《ぎろう》に鞍替《くらが》えを余儀なくされ、どこまでも搾《しぼ》り取られた。

栄三郎は久栄を捜し出し、悪党共を斬り捨て、彼女を救《たす》け出したことを、今さらながら天命であったと思っている。

旗本家の養子となった房之助が、姉の存在を正直に話し、当主・勘解由がそれに心を打たれて、用人・深尾又五郎《ふかおまたごろう》をして栄三郎に探索をさせたという人情の連鎖も奇跡であろう。

何よりも奇跡は、取次屋として探索した遊女が、偶然にも客として一夜を馴染み、たちまち恋に陥った相手であったことだ。

遊女と客、旗本家の婿養子の姉と、野鍛冶あがりの冴《さ》えない剣客。

身分の違い、結ばれぬ状況を克服して一緒になった妻が、体の調子を崩しながらも、

「わたくしほど幸せな女はおりません……」

と、無邪気《むじゃき》に喜んでいるのだ。えも言われぬ感動が押し寄せるのは当り前ではないか。

しみじみと感慨を胸に溜める久栄の姿は、決して湿っぽくはなく、凛《りん》として美しかった。

栄三郎が、山野井豪太郎を追い払った三日後には、久栄の恩恵を一身に受けた房之助が、微行《びこう》で手習い道場に訪ねてきた。

久栄の調子がはかばかしくないとの噂を聞きつけてのことだ。

深尾又五郎と椎名貴三郎《しいなきさぶろう》が、これも微行姿で供をした。なかなかの智恵者で、岸裏伝兵衛が永井家の剣術指南を務めている頃から、栄三郎のよき理解者であった又五郎も未《いま》だ元気である。勘解由の奥方の甥《おい》で、かつては我が儘な問題児であった椎名貴三郎も、すっかりと大人になり、体つきが武芸修得によって一廻り大きくなったようだ。

近頃では、すっかりと永井家には訪ねることがなくなった栄三郎は、

「わざわざのお運び忝うござりまする」

恭しく房之助を迎え、供の二人との再会を喜んだ。

「これは畏れ入ります……」

正兵衛は、正一郎と二人で小さくなった。

親戚《しんせき》に当るのが旗本の現当主となれば、当り前であろうが、その光栄を体に刻むかのように畏まる父と兄の姿は頰笑《ほほえ》ましかった。

しかし久栄は、丁重に迎えながらも、自分は離縁の形をとって永井家を出て、

秋月栄三郎の妻となったのであるから、

「このように訪ねておいでになるのは、いかがなものでしょう」

姿勢を正して、房之助を諫《いさ》めた。

房之助は既に、江戸城中に側衆《そばしゅう》として出仕を果している。

愛《いと》しい夫の栄三郎を卑下《ひげ》するつもりはさらさらないが、御役付きの幕臣が気楽に訪ねるようなところではない。

久栄は、どこまでもそういうけじめを大事にする女であった。

それでも、もちろん弟の来訪は嬉しい。

口では厳しいことを言ってみても、顔は綻《ほころ》んでいた。

そうして、栄三郎、房之助、正兵衛、正一郎、又平、を前にして、久栄は市之助を膝《ひざ》に抱き、晴れやかな表情を浮かべて、身内相手に己が想いを語り始めた。

「わたくしは、長くは生きられぬ身と存じます」

「おいおい、せっかく殿様がお見えなのに、そういう不吉なことを言うのではない」

突然の久栄の言葉に、栄三郎は慌《あわ》てて口を挿《はさ》んだが、久栄は泰然自若として、

「今日、明日に死ぬとは思うておりませぬが、薄命には違いございませぬ。今日

はわたくしにとって大事な方々が集まってくださいました。それゆえ、安らかな心地でこのような話ができるのでございます」

「人の生き死には、誰にもわかるものやおまへんがな。そやけど、そんな話ができるのも身内ゆえのこと。まず四方《よも》山話《やまばなし》として、聞かせてもらいまほ」

正兵衛が、ひとまずその場を和ませた。

さすがは親父殿だと感じつつ、栄三郎とて久栄が長寿をまっとう出来るとは内心思っていなかった。

このところは、その焦りが栄三郎の心を痛めつけていたが、夫婦とはいえ同時に死ぬことは出来ぬのだ。

久栄の覚悟をこのように、心強い身内がいる中で聞いておくのもよいだろう。

市之助は、母がそんな話をし始めているとは理解が出来ず、久栄の膝の上で無邪気にはしゃいでいる。

それが久栄には幸いなのか、

「わたくしは下手に生きるより、市之助がまだ母の死を受けとめられぬ間に死にとうございます」

と、低い声で言った。

「姉上、そんな戯《ざ》れ言はお止めくださりませ」

房之助が、嘆息した。

一同は言葉が出なかった。

久栄の気持ちがよくわかるからだ。

数え歳三つの市之助である。今、母が死んだなら、五、六歳になった時よりも悲しみは少なくすむであろう。

ぼんやりとした母の面影だけを心に残し、新たに自分に情を注いでくれる者に対し、心を開き易いはずだ。

市之助にとっては、それが何よりも幸せだし、栄三郎にとっても、後添いが迎え易くなるはずだと、久栄は告げているのだ。

その心情を思うと、胸が締めつけられるが、

「このような話をすると、さぞかし皆様は、久栄は不憫《ふびん》なやつ、心得たやつとお思いになるかもしれませぬが、それは違います。わたくしは心からそのように願《ねご》うているのです。これはみなわたくしの我が儘にございます」

すまなさそうな顔をして、はっきりと久栄は言った。

「わたくしは今日まで、人の何倍も生きてきたと思うております。旦那様とは夫

婦となってからは、さほど共に暮らした歳月はございませんが、その辺りにいる夫婦よりも、ずっと深い絆《きずな》を結んで参ったはずにございます。そしてわたくしは、人よりも格段の幸せを得たのですから、いつ死んでも悔いはございませぬ。この身が滅《ほろ》んでも、市之助が立派に成長してくれましょう。晴れ晴れとした想いの中で死にたいと思うのは、わたくしの身勝手でございましょうが、まずそこのところは堪忍をしてくださりませ」

不思議とその場は打ち沈まなかった。

生きることにも死ぬことにも、ひとつの覚悟を持って生きてきた武家女の潔《いさぎよ》さと崇高《すうこう》さが、生気が衰《おとろ》えたはずの久栄を美しく見せていた。

房之助は帰り際には、もうこの姉と会える日は来ぬかもしれぬと涙ぐんでいたが、

「わたしが見た姉上の顔の中で、今日見たものがどれよりも幸せそうでござった。忝うござる……」

しっかりと栄三郎を見つめながら、感謝の言葉を告げた。

「体が思うに任せず、弱気になっておりますが、わたしがまだまだ幸せになってもらえるよう励《はげ》みますれば、御案じ召されませぬように願います」

栄三郎は、力強く応えて房之助を送り出すと、その夜は久栄とゆったりと語り合った。

何といって話すこともないのだが、小庭に咲いた菊の花、市之助の覚えた言葉が、〝嫌だ〟とは先が思いやられる、又平の恋の進み具合――。

他愛もない話が楽しかった。

「まず、おれに任せておくがよいぞ。お前の体をきっと元に戻してみせるからな。食べ物と薬をかき集めてくるから、しっかりそれをとるのだぞ」

「食べる物もお薬も結構ですが、それを集めるために、わざわざ危ないところに行かないでくださいませ」

「危ないことなど何もないさ。取次の仕事で思わぬ金が入ってくるのだよ」

「取次？　まあ、いつの間にそのような……」

「それももう済んだよ。あとは金をもらうだけだ。ははは、まずその日を楽しみにしていておくれ」

こっくりと頷く久栄を見ながら、何よりも楽しみにしているのはこの自分だと、栄三郎は妻の細い肩を抱くようにして寝かせてやった。

九

「秋月栄三郎？　その浪人者は、そう名乗ったのですね」

　金兵衛は驚いたような顔で、山野井豪太郎をまじまじと見た。

「ああ、確かにそう申した。気楽流の剣客で、大野屋の対談方に初めてついた由」

「なるほど、あの男も今では札差の用心棒か……」

「知っているのか？」

「まず、忘れられぬ男でございますよ」

「ほう、それはおもしろい。敵に回すといささか面倒な男だ。何と申しても、このおれとたった五両で話をつけたのだからな」

「確かに智恵もあるし、人当りも好い、腕の方も、そこいらの用心棒の旦那よりも余ほど立つというものだ」

「それならば、金で釣って味方に引き入れたらよかろう」

「いえ、敵に回せば面倒でしょうが、といって味方にするつもりはありませんねえ」

「何やら因縁があるようだな」

「あちらの方は忘れているかもしれませんがねえ」

「ふふふ、何ごとも面倒はさらりと忘れてしまえる……。そのような男のようだな」

「忌々《いまいま》しい話でございます」

「その忌々しい話を聞きたいものだな……」

山野井豪太郎が集めた金を運用している金貸し金兵衛と、秋月栄三郎との因縁――。

それに又平が気付いた時。

皮肉にも栄三郎は、昼過ぎから大野屋に出かけていた。

その日が、山野井に五両を渡し、大野屋が阿川家との貸借について締結《ていけつ》させる日であったからだ。

手習い道場に、山野井の背後に金兵衛なる金貸しがいると報《しら》せに来たのはお染であった。

「何だい又公しかいないのかい」

「うるせえや男女《おとこおんな》、お前を呼んだ覚えはねえぜ」

二人のいつもの口喧嘩《くちげんか》が交わされた後、お染はかつて薬研堀《やげんぼり》に住んでいた、金兵衛という金貸しがそうだと、栄三郎に伝えてくれと言った。

彼女も、栄三郎に大野屋の対談方を勧めただけに、山野井豪太郎についで気になり、芸者時代の伝手《つて》を頼って様子を探っていたのだ。

又平は、いつものように素っ気なく応じて、お染はさっさと帰っていたのだが、

「薬研堀にいた金貸し金兵衛だと……？」

ふと心に閃《ひらめ》くものがあった。

もう七年前になろうか。

永井勘解由の弟で、八百石の旗本・永井内蔵助《くらのすけ》の息・辰之助《たつのすけ》が、おちよという茶屋の娘を見初《みそ》めた上、あれこれ騒ぎを乗り越えて、おちよを武家の養女として己が妻とした。

その時、おちよは困苦を抱えていた。

元は老舗《しにせ》の菓子店の娘に生まれたものの、店を悪党共に乗っ取られ、母を養わ

ねばならぬ境遇に陥っていたのだ。

そこに付け入って、金と力でおちよを慰み者にしてやろうと企んでいたのが、金貸し金兵衛であった。

勘解由の用人・深尾又五郎から、内蔵助の〝若の恋〟を何とか好い結末にしてもらえぬかと打診を受けた栄三郎は、見事な取次をしてのけた。

おちよの店《たな》を廃業に追い込み、体《てい》よく店を乗っ取った番頭と通じ、不埒な真似《まね》をせんとした金兵衛の悪事を暴き、内蔵助を助けたのであった。

その後、悪評にさらされ、永井両家からの仕打ちを恐れた金兵衛は、いずこへともなく姿を消してしまった。

ところが、ほとぼりも冷めた頃となり、この男がまた闇《やみ》の金貸しとして暗躍し始めているとの噂が出始めたという。

又平は嫌な心地がした。

朝から久栄は、色々ほっとして緊張が解けたのか、熱を出して寝込んでしまっていた。

「すぐに帰ってくるからな」

戻ってきた時には五十両が懐にある。もっと気の利いた養生をさせてやれる。

栄三郎は、少しばかり声をうわずらせ、久栄の手を取ってから出かけたのだが、久栄はそれからずっと寝たままになっていた。

医者の弘庵が来てくれたが、久栄の様子に、

「どうもいかぬな……」

彼は首を傾げてばかりいた。

又平は何やらいても立ってもいられずに、蔵前へ向かって駆けていた。

その頃、栄三郎はというと、無事務めを果し、五十両を手にしていた。

阿川家は五両で手を打ち、用人を遣わしたが、それは山野井豪太郎ではなかった。

蔵宿師としての役目はもう終り、用無しになったということであろう。

「秋月先生、本当に助かりました……」

また何かの折は、対談方の助っ人として力を貸してもらいたいと、大野屋京右衛門は言ったが、

「この度のことは、たまさか首尾よく参ったが次はわかりませんよ」

栄三郎は言葉を濁《にご》して辞去《じきょ》したものだ。

もう対談方など出来るものではない。先日も蔵で山野井が暴れていれば、命を

落していたかもしれぬ局面であったのだ。

ひとまず己が力で五十両を得た喜びは大きく、次の仕事どころではなかったが、それでも苦労は身につきまとうものであるから、またいつ金が要るか知れない。

きっぱり断れぬ弱味があった。

五十両の金を懐に、栄三郎は駆けるがごとき速歩で京橋水谷町を目指した。

船に乗れば事故が起こらぬとも限らない。

――久栄、待っていておくれ。

栄三郎は道を急いだ。

ところが、堀端を出たところで、

「あいやしばらく……」

息を切らせた山野井豪太郎が、単身向こうからやって来た。たくましいもみあげが風に揺れている。

「おお、これは山野井殿か……」

栄三郎は怪訝《けげん》な目を向けたが、山野井は声を上ずらせながら、懸命《けんめい》に話しかけてくる。

「御役御免となったゆえに、大野屋へは参らなんだが、貴殿に会わぬまま、話を終えるのがどうも気が引けましてな。いい加減な奴だと思われては後生が悪い……」

丁重に頭を下げる姿を見せられると、邪険にも出来ず、

「いやいや、お気になさらずともようござる。貴殿にもあれこれと事情がござろう。某にはよくわかる」

栄三郎もつい生真面目に応えてしまう。

「そう言っていただけるとありがたい。貴殿に会いに来た甲斐《かい》があったというものだ」

栄三郎は歩きつつ、

「某は先を急ぎますゆえ、これにて御無礼仕《つかまつ》る。互いに、生きてゆくのは大変でござるな」

「真、申される通りだ。秋月殿、話のわかる貴殿ゆえ、お願いしたき儀がござる」

山野井は栄三郎に付いてくる。

「願いたき儀とは？」

「まず話を聞いてくだされ……」

山野井は手を合わせつつ、傍の路地に栄三郎を誘いつつ、

「願いたき儀とは、貴殿のお命を賜《たまわ》りたい」

やにわに抜刀した。

「何をする！」

迂闊《うかつ》であった。

山野井豪太郎の姿を見た瞬間から、警戒しなければならなかったのだ。しかし、先を急ぐ想いが強く、適当に受け流さんとしたばかりに微妙な間が心に生じたのだ。

「生きてゆくのは大変だと、今貴殿は申したではないか」

山野井はほくそ笑んだ。

「おれも貴殿を斬らねばならぬことになったのだ」

その刹那、数人の影が暮れ始めた路地の薄闇に紛《まぎ》れて、栄三郎に斬りかかってきた。

「ええい！　邪魔だ！」

早く帰らねばならぬ身を、刃《やいば》で止めるとは許せぬ。

栄三郎の頭にたちまち血が上った。

自分自身忘れていたが、秋月栄三郎は心底怒ると滅法強くなるのだ。

抜き打ちに正面からくる影を袈裟《けさ》に斬った。

見事な一刀であった。

薄闇に血しぶきがあがった。日頃はやさしい栄三郎も、生死の境に身を置く剣客として、十五の時から修行を積んだのだ。斬り合いになれば容赦《ようしゃ》がない。少しでもたじろげば、それがすぐに負けに繋がるからだ。

山野井達の動きが一瞬鈍った。

栄三郎は攻撃を緩《ゆる》めない。すぐに左へ動き、今一人の胴を腰を屈《かが》めて斬った。

ぐっと心を落ち着けて見廻すと、尚《なお》も山野井の他に二人の武士が立っていた。

所詮《しょせん》は数が多い方が強い。勢いに任せて攻めたとて倒されるだけだ。

相手の出鼻をくじく形で二人までも斬ったが、ここからが腕と度胸と智恵で斬り抜けねばなるまい。

だが、それはこれから続くであろう劣勢を意味していた。

山野井豪太郎が、なかなかの遣い手であることは、構えと物腰を見ればわかる。

栄三郎は歯嚙みした。

何としてでも懐の金を恋女房に持って帰らねばならない。その想いと、邪魔立てする奴らへの怒りが彼を支えていた。

気楽流剣客・秋月栄三郎の剣をここに極めてやる――。

剣から逃げた時もあった。太刀を揮うことに照れた時もあった。

――お前達が改めて目覚めさせてくれた。礼を言うぞ。

栄三郎は無念無想で構え直した。

斬るか斬られるか。

「ええいッ！」

前へ出ると見せかけて、栄三郎は背後の一人に跳んだ。

「うッ……！」

栄三郎の一刀は、そ奴の腹を刺し貫いていた。

「おのれ！」

山野井は、三人までも倒されて目の色を変えて、斬りつけた。

刀を引き抜く分、動作が遅れる。

敵の腹から刀を抜いた刹那、前へと出た栄三郎であったが、背後から左肩を斬られた。

浅傷《あさで》ではあったが、激痛が走り、栄三郎の動きは鈍ってしまう。

残った手下は、先日、山野井についてきた武士であった。

刀に手をかけたところを、栄三郎に刀の鐺《こじり》で押さえられた屈辱《くつじょく》を返さんと、左から渾身《こんしん》の一刀を浴びせんと襲いかかってきた。

――いかぬ……。

ここで手を負えば勝ち目はない。

一撃を返さんとした時であった。

手下が頭を押さえて蹲《うずくま》った。

傍の杉の大樹の上から石塊《いしくれ》が投げられたのだ。

――又平か。

栄三郎は一息ついた。

さすがは年来の相棒である。変事を感じて様子を見に来てくれたのであろう。

石塊は、次々と山野井にも浴びせられた。

「おのれ！」

態勢を立て直した手下の胴を、栄三郎は二つに割ると、間髪《かんはつ》を容《い》れず山野井に迫った。

その間も、木の上の又平が山野井に石塊を浴びせ続ける。

「ま、待て……！　卑怯《ひきよう》だぞ……」

山野井は口先で逃げんとしたが、

「卑怯？　互いに策を講じたが、おれの仲間の方が腕がよかっただけのことだ。又平！」

「旦那！」

又平は、ここぞと匕首《あいくち》を投げつけた。

それを山野井が既《すんで》にかわしたのは、さすがであったが、栄三郎はためらわなかった。

守る者がある身には、己が命を狙う者は生かしておけなかった。

「ええィ！　やあッ！」

栄三郎は怒りに傷の痛みも忘れつつ、山野井を攻めたてた。あの松田新兵衛さえも、怒った時の秋月栄三郎は手をつけられぬと言ったものである。

次々と繰り出す技を、山野井は防ぎきれずに、後退した。

「えいッ！」

栄三郎は、すっと前に出て山野井の腹に愛刀を突き入れた。

「仕掛けてきたのは、そっちの方だぜ……」

山野井は、栄三郎の言葉を聞き終らぬうちに、どうッと倒れた。

「旦那、お見事でございます……」

又平が感嘆した。

「お前が来てくれなかったらやられていたよ。それより、何かあったのかい？」

「御新造さんの具合がよくねえんでさあ」

「そうか……」

栄三郎は唇を噛んだ。

そこに、さらに新たな人影が――。

「栄三先生、こいつは派手にやったもんだな」

「前原《まえはら》の旦那でしたかい」

人影は南町《みなみまち》奉行所《ぶぎょうしょ》同心・前原弥十郎《やじゅうろう》であった。ここへ駆けつける前に、又平が念のため呼び出したのだ。

「お前がこんなに強《つえ》えとはな」

「こいつらが弱《よえ》えんですよ」

「とにかくここは任せておきな。お前が無闇に人を斬ったりしねえことはわかっている。早く久栄殿の許へ」

「ありがたい。恩に着ますよ」

「いいってことよ。友達じゃあねえか」

蘊蓄おやじらしく、弥十郎は何度も頷いてみせたが、栄三郎は既に脱兎《だっと》のごとく又平と共に駆けていた。

――友達か、まあそうだな。友達だな。

栄三郎は弥十郎に想いを馳《は》せ、駆けつつ又平から話を聞いた。

「絵を描きやがったのは、あの金貸し金兵衛だな……」

恐らくもうどこかに姿をくらましているのであろうが、手習い道場には医者の弘庵と、岸裏伝兵衛、松田新兵衛、お咲が気になって見舞《みまい》に来てくれているというから、三十人に襲われてもびくともしないであろう。

「又平、お前は本当に頼りになるぜ……」

その言葉が口をついた時から、栄三郎はずっと泣きっ放しであった。

やっとの想いで家に戻った時。

久栄は帰らぬ人となっていたのだ。

十

栄三郎は肩の傷の痛みも忘れ、人目憚《はばか》らず泣いた。

久栄の体は、もうすっかりと衰えていたようだ。それを少しでも義父、義兄との一時を過ごしたい想いで持ちこたえていたのだ。

栄三郎が出かけてからすぐに眠りについた久栄は、夢心地で、

「お願い……。ここへはもう来ないで……。ふふふ、そう言いましたのに……」

少女のように華やいだ声を発すると、そのままにこやかに息を引き取ったという。

「そうでしたか……。久栄はそんなことを……」

初めて品川の妓楼で馴染んだ折。

たちまち恋に落ちた客と遊女が、これ以上は逢《あ》わぬ方が身のためだと、久栄は切ない想いを込めて別れ際に栄三郎に告げたのだ。

「だが久栄、また逢えて本当によかったな……。本当に……」

栄三郎は、安らかに眠っている久栄の白く美しい顔を見つめて何度も話しかけ

た。

「死に目に会えなくてすまなかったが、どこにいたって、何をしていたって、おれはお前と会っていたよ。会えずにいた頃に、おれはその術《すべ》を修《おさ》めたのだ。久栄、お前もそうだろう……。おれ達はいつも会っていたよ……」

市之助は、栄三郎の涙も、久栄の死の意味も知らずただきょとんとしている。

そして、その市之助の無知が、久栄の望みであったのだ。

「久栄はんは、幸せなままあっちへ行きはったんやなあ。こんなにええ死に顔を、わしは今まで見たことないわ」

しみじみと、にこやかに息子に語りかける正兵衛の姿が一同の涙を誘ったが、彼の言葉の重みがその場に一条の光を与えていた。

そうだ、長い時を共に過ごしたとてわかり合えぬ夫婦もいる。

今日の別れがさらに二人の絆を深めるのだ。

「いずれも様もありがとうございました。お蔭様をもちまして、久栄は今、幸せを成し遂げましてございます」

頭を下げる栄三郎の顔に、やっといつもの笑みが戻った。

第四章　祭り

一

月日はにぎやかに過ぎていった。

そもそも秋月栄三郎の周りには、蜜《みつ》にたかる蜂《はち》のごとく、人が集まってくる。

特に用があるわけでもないのだが、一日に一度でもこの男と言葉を交わすと、何やらほっとする。

さほどためになる話が出てくるわけでもないし、労《いたわ》りの言葉をかけてくれるわけでもない。

だが、とりあえずどんな時でも、栄三郎はニコリと頬笑《ほほえ》んでくれる。

そして、一度は笑わせてくれる。

たとえそれが一瞬のすれ違いであっても、その刹那《せつな》、嫌《いや》なことのひとつやふたつは、どこかへとんでしまっている。

それゆえ誰もが秋月栄三郎の明るさに触《ふ》れていたくなるし、心の内に溜《たま》った悩みごとを打ち明けて助けてもらいたくなるのである。

栄三郎の取次屋《とりつぎや》の看板は、そんな町の者達によって自《おの》ずと掲《かか》げられるようになったといえる。

とはいえ、栄三郎も妻《めと》を娶り子を生《な》せば、

「まあ、少しは落ち着いてもらわねえといけねえなあ」

「それなりに貫禄《かんろく》をつけてもらわないとねえ」

と、周りの者達も気遣《きづか》い、久栄と市之助に遠慮をして、何かというと手習《てなら》い道場を覗《のぞ》くのは控えるようになっていた。

しかし、嫁《とつ》いで以来たちまち〝ご新造《しんぞう》様〟と敬慕された久栄が、まだ幼い市之助を残してあの世に旅発《たびだ》ったとなれば、

「こいつは栄三先生の一大事だ」

とばかりに、栄三郎の周りには、町の衆、田辺屋の店の者達、そして岸裏伝兵衛を始めとする剣術仲間が、ひっきりなしに集まってくるようになった。

まだ、母の死を受け止められていない市之助への不憫《ふびん》が募《つの》り、

「若をなんとかしてさしあげねば……」

我も我もと世話を買って出るのだ。

お蔭《かげ》で、栄三郎は妻がなくとも、子の世話をしながら、手習い師匠、剣術指南、取次屋と、三つの顔をまっとうと出来た。

それでも、市之助を取り合うように世話を焼かれては落ち着かない。

ここにおいて又平は決心した。

いくら幼い子供を抱えていたとて、恋女房と死別して、すぐに後添《のちぞ》いなど迎える気は、栄三郎にはさらさらないのは、わかりきっている。

「そんなら、あっしが女房をもらって、夫婦《ふうふ》して、若のお世話をさせていただきやす……」

彼はそう言って、池之端《いけのはた》で楊枝《ようじ》屋を営《いとな》みながら子供を育てていた、およしと晴れて夫婦となった。

折しも、手習い道場の隣《となり》の傘《かさ》屋が店を閉めることになっていたので、その後を夫婦して引き継ぐことにしたのだ。

栄三郎は、札差・大野屋京右衛門の対談方《たいだんかた》を務《つと》め、五十両の金を得ていたが、

久栄の死によって使い途《みち》もなくなり、その半分を又平に渡していたから、この辺りの段取りはすんなりと運べた。

又平とは生さぬ仲の息子となった玉太郎は、およしが破落戸《ならずもの》の亭主に捨てられて難渋している時、亡き久栄と又平によって、手習い道場でほんの一時育てられたことがあった。

歳《とし》は市之助よりひとつ上であろうか。

「若にとっても遊び相手がいるってえのは、好《い》いもんじゃあねえですか」

およしは、玉太郎を育てているから、市之助の世話をするのも、何かと心得ている。

久栄の死から三月《みつき》後に、栄三郎、市之助父子《おやこ》の傍《そば》にやって来た、およしと玉太郎を、

「又平、こいつはありがてえや」

栄三郎は心から喜んだが、その一方では、

「又平の奴、おれをだしにしてうまくやりやがったな」

ニヤニヤとしたものだ。

又平とおよしは、互いに心を許し、惚《ほ》れ合っていたが、およしは又平と一緒に

なることには、長くためらっていた。

かつておよしは、又平が自分に好意を持っていると知りつつ、梅次《うめじ》という小間物屋と一緒になった。

父親代わりであった叔父の吾平《ごへい》に、反対されていたにもかかわらずである。

吾平は深川で〝ひょうたん〟というそば屋を開いていて、およしはここの女中をしつつ、叔父の許《もと》に身を寄せていた。

駆《か》け落ち同然に深川を出て、板橋《いたばし》で梅次と所帯を持ったおよしであったが、子まで生しながら、あっさりと捨てられた。

梅次はろくに働かず、処《ところ》の顔役の女に手を出して姿をくらましてしまったのだ。

およしは板橋にはいられず、まだ乳呑子《ちのみご》の玉太郎を抱えて途方に暮れ、とどのつまり又平のやさしさに縋《すが》ることになる。

その折は、およしが方便《たつき》を立てられるようになるまで、又平が玉太郎を拾い子として世間をはばかり、面倒を見たものだ。

そんな経緯《いきさつ》があるだけに、およしはいくら又平が、

「この先もお前と一緒に玉太郎を育てていきてえ……」

と、言ってくれたとて、申し訳なさ過ぎて首を縦《たて》には振れなかった。

不忍池近くで楊枝屋の雇われ主人として落ち着いた後も、

「又平さんほどのお人なら、身勝手な子連れ女なんかではなくて、もっと好い相手がこの先見つかるはずでございます……」

と、又平の誘いを頑《かたくな》に拒《こば》んだのだ。

もちろんそれは、心から又平を思っての強がりであった。

又平はそれがわかるだけに、そっと母子《おやこ》を見守ることにしたのだが、時が経《た》つに従っておよしとの間合は縮《ちぢ》まっていて、あとはここぞというきっかけさえあれば一緒になれるはずだ——。

そんな想《おも》いでいたのは確かであった。

それだけに、

「おれと一緒に、栄三の旦那《だんな》と若のお世話をしてくれねえか。今すぐにでも水谷町へ来ておくれ。おれを助けると思ってよう」

この一言が、じれったい二人の間を一気に結びつけたといえる。

そんなことを言えば、又平が久栄の死に乗じたかのように聞こえるので、さすがに栄三郎は冗談にも言わなかったが、

――ふふふ、うまくやりやがったぜ。

又平についに訪れた幸せが嬉《うれ》しくて、どうにもニヤニヤが止まらなかったのだ。

二

又平、およし、玉太郎。

この三人は、秋月栄三郎、市之助父子を大いに和《なご》ませてくれた。

働き者のおよしは、傘屋を切り盛りしながら、朝は茶粥《ちゃがゆ》を拵《こしら》え、嬉々《きき》として手習い道場の雑用をこなしてくれた。

裏の善兵衛長屋の住人達も、栄三郎の手習い所で学んだ、太吉《たきち》、三吉《さんきち》といった子が皆元服をすませ暮らし向きも落ち着き、代る代る店を手伝いに来てくれるので、およしも思うように動けたのである。

「又平、あれこれとありがたくはあるが、お前とおよしは、おれと市之助の世話をするために一緒になったわけでもねえんだ。お前達親子の刻《とき》も大切にしておくれ」

そう言って、夕餉《ゆうげ》の仕度《したく》は二日に一度は遠慮して、居酒屋〝そめじ〟から取り寄せるようにした。

結局は、男と女の深い間柄にはならなかったが、栄三郎とお染は盟友である。

「まったく世話が焼けるよ、あの男はさあ」

お染にそんな台詞《せりふ》を言わせてやらねばならないのだ。

〝そめじ〟も、妹芸者・竹八が、お竹となってお染を手伝っている。

二日に一度くらい、秋月家の夕餉の世話をするのはわけもない。

お染は困った男だと言いながらも、旬の食べ物を栄三郎好みに料理して、酒の肴《さかな》になるように、市之助の飯のおかずになるように、巧《たく》みに工夫して届けてくれた。

栄三郎が、外出をしなければならない時は、

「わっちが市さんの相手をさせてもらいますよう。又公に預けてばかりでは、若が馬鹿《ばか》になっちまいますからねえ」

と、繋《つな》いでくれたりもした。

お染の又平嫌いはこの辺りの名物となっているゆえ、

「名物を失《な》くしちゃあいけないからね」

お染は相変わらず、何かというと又平につっかかった。

といっても、又平にも女房子供が出来た今は、前のようにもいかないので、

「お前さんが又公のかみさんなのかい。わっちはお前さんの亭主から、〝男女《おとこおんな》〟と呼ばれている、〝そめじ〟って者だが、この先もあの男とは喧嘩《けんか》を続けさせてもらいますよ。その間はちょいとばかり、目をそらして、耳を塞《ふさ》いどいておくんなさいな。まあ、よろしく頼みますよ」

およしと玉太郎に手土産《てみやげ》持参でそっと会いに行き、

「どうぞ、ご存分に。たくの楽しみでもありますから……」

わざわざ許しをもらったという。

「旦那、あんな女に若の相手を、たとえ半刻（約一時間）だってさせちゃあいけませんぜ」

又平は、忌々《いまいま》しそうに言ったが、どこか楽しそうにしていた。

彼には、栄三郎の気遣いがよくわかるからだ。

お染を呼べば、又平もその間は寄りつけない。栄三郎は、おもしろがっているようで、実はそれを見越しているのである。

肉親以上の絆《きずな》で結ばれ、いつも一緒にいた又平ではあるが、互いに歳をとって

それぞれの立場を築《きず》けば、間合をとるべき局面も出てこよう。

これからも、よろしく頼むぜ。

栄三郎はその想いを、こんなところに忍ばせてくるのだ。

「市さん、小母《おば》さんに何かおもしろい話を聞かせておくれな」

お染は市之助と接する時は、あれこれ話してやるのではなく、聞き手に回った。

初めのうちは、そう言われてもきょとんとした顔をしていた市之助ではあるが、次第にお染に自分の知ったことなどを、懸命《けんめい》に話すようになっていった。

手習い師匠である秋月栄三郎が聞かせてくれる御伽《おとぎ》話《ばなし》。

手習い道場に集《つど》う大人達が話す与太《よた》話。

日頃自分で感じる、草花や鳥などの生き物、森羅万象《しんらばんしょう》――。

市之助は、話せばいつも大喜びして聞いてくれるお染おばさんに、何か話さなければならないと思うらしい。

利《き》かぬ気だが、それほど口数が多いわけでもなかった市之助は、これによって頭の動きがよくなり、何事にも興味を示すようになっていった。

――お染は、おもしろい女だ。

深川の売れっ子芸者だった時。

「染次がそこにいると、どうも口数が多くなって喉《のど》が疲れるよ」

無口なお大尽達は、そう言って嘆息《たんそく》したという。

――お染にとっちゃあ、旦那衆も子供も同じらしい。

栄三郎が舌を巻くうちに、市之助は又平一家を己《おの》が身内と認識して懐《なつ》く一方で、

「お染おばさん……」

を心から慕《した》うようになっていったのである。

三

又平一家にお染。

さらにもう一人、頻繁《ひんぱん》にやってきては市之助の世話を焼いたのは、秋月栄三郎の弟子にして、剣友・松田新兵衛の妻女であるお咲であった。

人妻となった今も、黒目がちで勝気とやさしさがほどよく同居している目の初々《ういうい》しさは変わってはいない。

振袖《ふりそで》姿で町の破落戸《ならずもの》とやり合っていた頃から見れば、しっとりとして落ち着きをみせていたが、

「さあ、市之助殿、かかってきなさい」

女武芸者として、手習い道場で市之助に剣術の稽古《けいこ》をつける姿に、その名残をとどめていた。

「市之助が剣術を修《おさ》めたいと言い出せば、おれでは甘くなるゆえ、新兵衛、その時はおぬしに入門させたい」

と、栄三郎は予々《かねがね》言っていた。

お咲としては、是非《ぜひ》そうあってもらいたいから、〝鉄は熱いうちに打て〟とばかりに、市之助に剣術の楽しさを伝え、夫に繋げるつもりであった。

「先生、市之助殿は恐ろしいほど、剣の筋がよろしゅうございます」

お咲の感想は、あながちおだてだけではないと栄三郎は見た。

市之助は、お咲がつけてくれる稽古を心待ちにするようになった。

お咲が来ると、日々入れ替わりで誰かが付いてきた。

岸裏伝兵衛、松田新兵衛を始めとする岸裏道場の面々。

お咲の実家である田辺屋からは、隠居の宗右衛門、こんにゃく三兄弟の勘太、

乙次、千三、かつての手習い子で、母・おゆうと共に女中として暮らすおはなもいた。

〝人形の神様〟がいることを信じたおはなも、美しい娘へと成長していた。

誰もが秋月栄三郎を慕い、恋女房に死別した彼を気遣い、何とかして守《も》り立てようとこうして折あらばやって来るのであった。

又平一家、お染、お咲。それに関《かか》わる者達、日々出入りする手習い子達とその親、栄三郎に剣を学ぶ、町の物好き達……。

久栄が死んでからの二年は、あっという間に過ぎた。

市之助も五歳となり、〝袴着《はかまぎ》〟の儀式を迎える年となった。

特筆すべきは、その間にお咲が懐妊したことだ。

栄三郎が久栄と一緒になるより前に、松田新兵衛と夫婦になったお咲であった。

ところが、自分よりはるかに歳上で、体も丈夫ではない久栄の方が先に子を授かり、その時は随分《ずいぶん》と焦《あせ》りを覚えたものだ。

この頃では、半《なか》ば諦《あきら》めかけていたので、彼女の懐妊は岸裏道場、田辺屋を大いに沸かせて、手習い道場にもその歓呼《かんこ》の声が響き渡ったのである。

「まさかこの歳になり、親になるとは思わなんだ」

堅物《かたぶつ》を絵にかいたような松田新兵衛は、子供のことを問われると、しどろもどろになって応《こた》えた。

思えば新兵衛は栄三郎と同年で、もう四十も半ばになろうとしていたから無理もない。

お咲の出産は、冬の十二月頃になるのではなかろうか。

市之助の袴着は十一月十五日であるから、めでたいことが続きそうである。

生まれる子は市之助よりも四つ下。

男であれば、栄三郎と新兵衛のような無二《むに》の友というよりも、市之助が兄貴風を吹かすのかもしれない。

「だが新兵衛、娘となればおもしろいぞ」

かつての岸裏道場門下で、長年の剣友である陣馬七郎は、懐妊の報《しら》せを受け道場に駆け付けると、少し興奮気味に言った。

七郎もまた、先年妻・お豊《とよ》との間に娘を儲《もう》けていた。

「何がおもしろいのだ？」

相変わらずこういう時、新兵衛は怒ったような顔になる。

「栄三郎の倅《せがれ》より四つ下の娘だぞ。これはもう、生まれた時からの許婚《いいなずけ》と考えてよいのではないか」

と、七郎は言う。

その場には栄三郎もいたのだが、

「なるほど、考えもしなかったよ」

気の早い話だと言って、からからと笑ってみせた。

「栄三郎は不承知なのか？」

七郎は詰《なじ》るように訊《たず》ねた。

「いやいや、そうなればありがたい。お咲の娘ならばさぞかし利発で標緻《きりよう》もよかろう。だが……」

「何だ？」

「親父《おやじ》に似て、仁王《におう》のような娘だったら、それは困る。市之助は一生尻《しり》に敷かれるのではないかな」

「ははは、それもそうだな」

大笑いする栄三郎と七郎を、新兵衛はじろりと見ながら、

「う～む……」

と、虎《とら》が唸《うな》るかのような、太い声を発した。

「ははは、これは戯《ざ》れ言《ごと》が過ぎたな」

「おぬしに子ができると知れば、嬉しゅうなってな」

栄三郎と七郎は、真面目《まじめ》な仁王を怒らせてはならぬと宥《なだ》めたが、

「確かに、そういうことも考えられるな……」

新兵衛は切ない顔をして、

「お咲に似ず、おれにそっくりな娘が生まれるやもしれぬな。となれば、娘が不憫じゃのう。これはいかぬ……」

太い息を吐いた。

栄三郎と七郎は、笑うに笑えず、

「そんなことがあるはずはない」

「新兵衛、おぬしとて顔立ちの整《ととの》った、なかなかに好い男なのだぞ」

「そうだ、そのままの顔が女になって生まれてくるはずがないではないか」

「だが、そういうことが気になるというのは、新兵衛も人の親になったゆえだな」

その場は何とか宥めて、市之助と夫婦になれば、仲人には誰を立てよう。

岸裏先生は嫌がるであろうから、今では永井勘解由の義弟で、旗本《はたもと》千五百石・持筒頭《もちづつがしら》の椎名右京《うきょう》の剣術指南を務める陣馬七郎こそが相応《ふさわ》しいと栄三郎が言えば、

「いや、もっと他にいるはずだ」

と、七郎が頭を捻《ひね》る。

いずれにせよ、こんな会話を楽しみつつ、気の置けぬ者との一時を過ごす。

栄三郎は久栄が死んでからというもの、そんな暮らしに埋没しているように思われた。

四

この二年は、人の情が身に沁《し》む月日であったが、いくら慌《あわただ》しさにごまかされたとはいえ、栄三郎の心の中から久栄の面影が消えた日はなかった。

「皆に支えられて、おれはどれほど気が紛《まぎ》れたことか……」

いつもそのように言っては、周りの者達をほっとさせていたが、それは栄三郎の気遣いであった。

賑《にぎ》やかで慌しい一日が終って、市之助を寝かしつける時の寂《さび》しさは、地の底にある石牢《いしろう》に閉じ込められたごとき心地《ここち》がした。

一日の大半を賑やかに過ごしたとしても、溜息《ためいき》をつくだけの瞬間に孤独を覚えることもあるのだ。

そんな時、栄三郎は久栄の死に、いったいどのような意味があったのかを考えた。

もちろん、人はいつか死ぬ。

どんなに仲睦《なかむつ》まじい夫婦でも、同時に天寿をまっとうすることは出来まい。

――だが、それにしても早過ぎる。

まだ四十に間があり、市之助の成長もこれからという時に死んでしまうとは……。

久栄はいつも、

「わたくしほど幸せな女はおりません」

と言っていた。

同じ死ぬなら、市之助が自分の死を受け止められぬうちに逝《い》ってしまいたいとも言っていた。

幸せな間に死ねた上にその願いは、叶《かな》えられた。市之助の記憶の断片にある亡き母の面影はいつまでも美しい女《ひと》として残るであろう。生半可《なまはんか》に、物心ついた市之助と死別するなら、これもまたよかったのかもしれない。

久栄はそれを、

「……みなわたくしの我が儘《まま》にございます」

と言った。

――確かに我が儘だな。

市之助は五歳になった今、自分の母親が既《すで》に死んでしまったという事実を、理屈としてわかるようになっている。

そして、時折きょとんとした顔で、

「わたしには、母《かか》さまがいないのですねえ……」

と、栄三郎に訊ねる。

とはいえ、

「わたしは、母さまに会いとうございます。どうか会わせてください……」

などとは言わない。

言いたくなる感情が、早過ぎた別れによって、心の内に形成されぬままに今となったからだ。

母への想いを募らせて泣き叫ぶことも、子に与えられた、美しい感情であろうものを。

もし霊となって市之助の傍へ寄り添うことが叶ったら、我が子の泣き叫ぶ姿は見たくない。

久栄は、そんな想いを魂の内に抱いていたのかもしれない。

――もしそうだとしたら、久栄、それはやはりお前の我が儘だな。

お前にとっては実に好い間合での旅発ちだったかもしれないが、

――おれは、市之助が泣こうがわめこうが、一年でも二年でも、お前と一緒にいたかったよ。お前をこの手で抱いていたかったよ。

栄三郎は心の中で久栄を詰ったりもした。

今この時も、市之助の傍に久栄の魂が漂《ただよ》っているのではないかと、宙に向かって呟《つぶや》きもした。

――ひどい奴だよお前は。

栄三郎は切なくなる。

「栄三さん、栄三の旦那……」

なかなかに人から慕われ生きてきた。

忙しく人助けに生きるのも、いつか恋女房を得て、ゆったりと静かな一時を暮らすための方便だと思ってきた。

そして人生において真にほどよい頃となって、久栄《くえ》と一緒になれた。

共白髪に生きて、めでたしめでたしで人生を締め括れるはずではなかったか。

――いったい、どういうことなのだ。

色んな講釈も聞いた。芝居《しばい》も観《み》た。

こういう幕切れはあっただろうか。

物語に置きかえると、秋月栄三郎は久栄と結ばれたところで大詰《おおづめ》を迎えたというべきか。

芝居も講釈も、大概はそれから後を描かない。

結ばれた後、意外とすぐに死に別れてしまう二人もあったのかもしれない。

であれば、こんなに早く恋女房が逝ってしまったのには、やはり何か意味があるはずだ。

栄三郎は、その意味を日々考えた。

人の一生は決して公平ではない。

好い人が貧苦の中で早死にして、悪人が贅沢《ぜいたく》を重ねてのうのうと生きるものだ。

久栄は苦界《くがい》に身を沈めていた頃の苦労が溜まり、それがやがて彼女の体を蝕《むしば》み死に至ったのは明白だが、

――そんなありふれた理由で、久栄ほどの女が天に召《め》されたとは思いたくない。

では、どんな意味があるのか。

女房子供に寄り添われて、平穏な日々を生きる。そんな秋月栄三郎はつまらないと、

「久栄、お前はおれを、もう一度野に放たんとしたのかい？」

栄三郎は自問自答をする。

夢に現れても、久栄は何も言ってはくれぬが、きっとそうなのであろう。

久栄の死によって、再び多くの人が栄三郎の周りに集まってきた。

幾《いく》つもの絆の花を咲かせてきた取次屋栄三は、色んな人の情を繋げつつ、それ

に囲まれて一生を終えるべきだ――。

そうあるべきだと久栄は思ったから、彼女は栄三郎に恋女房と暮らした思い出と経験を与え、男として父として生きるようにと、市之助を残し、自分はさっさとあの世に旅発っていったのではなかったか。

久栄はそれで幸せであったのだろうか。

ぐずぐずとその想いから脱け出せない栄三郎であったが、自分ほど幸せな女はいないと、久栄は凛《りん》として言ったのだ。

いつまでもそれを疑うのは、久栄を貶《おとし》めることになるのだ。

――久栄、そんならおれはもう少しだけ、人と人を繋いで楽しませてから、お前の傍へ行くよ。

縁あって自分の周りに集まってきた者達が、幸せになれるきっかけを作る――。

それをするには、久栄がいては幸せ過ぎて動きも鈍るし、己が仕事が億劫《おっくう》になる。

怠《なま》け者の自分の本質を、久栄は見抜いていたのに違いない。

――久栄、すまないな。

二年かけて思いを馳《は》せた久栄との早過ぎる別れの理由を、栄三郎がそうと自分に言い聞かせた時、その年の秋も終ろうとしていた。

五

「取次屋栄三には、また痛い目に遭《あ》わされましたよ」

「痛い目に遭《お》うたのは、おぬしと組んだ者達であろうが」

「ははは、そうかもしれませんねえ」

「人に誉《ほ》められるような稼ぎでもなかったのであろう。ほとぼりを冷ますよい折であったはずだ」

「いかにも左様《さよう》で。とは申しましても、ほとぼりを冷ます度《たび》に歳を取ってしまうので困ります」

「歳を取るのは、栄三なる男とて同じであろう。金兵衛、おぬしは歳を取る度に金と悪智恵《わるぢえ》が身につくが、そ奴の剣の腕は日毎《ひごと》衰《おとろ》えるというものだ」

「旦那の腕は、今が盛りで……」

「で、あらねばなるまい」

「頼りにしております」

暦の上では冬となったある夜のこと。

とある料理屋の薄暗い一室で、二人の男が声を潜《ひそ》めていた。

話の内容を窺《うかが》うに、二人はまったく物騒な話をしている。

二人が、取次屋栄三に害をなさんとしているのは明らかだ。

そのうちの一人が金兵衛というのが聞き捨てならない。

金貸し金兵衛。

二年前に闇《やみ》の金貸しとして暗躍し、札差から金をふんだくる蔵宿師《くらやどし》・山野井豪太郎と手を組み、新たな金の流れを生み出した。

だが、金兵衛がかつて取次屋栄三によって、煮《に》え湯を飲まされたことは既に述べた。

それがきっかけとなり、金兵衛は江戸を去り、満を持して江戸に舞い戻り、再び金貸しとして利を貪《むさぼ》るようになっていた。

ところが、盟友で頼みとしていた山野井が、珍しくたったの五両で話をつけてきた。

事情を聞けば、

「秋月栄三郎という対談方に丸め込まれてしもうた」

とのことであった。

「なかなかの男であった。もっと深く絡《から》んで、とことん戦《たたこ》うてやろうと思うたが、あ奴はその気を萎《な》えさせる……」

たとえ僅《わず》かでも金は得られたのだ。まあこれでよいかという気にさせられる、不思議な男なのだと山野井は言う。

金兵衛にもそれはわかる。

以前に煮え湯を飲まされた時も、調べてみれば、町の者と武家を繫ぐ取次屋なる稼業をしていて、なかなかに人気があり、捉《とら》えどころのない男だと思われた。

おちよという娘を我がものにせんとした金兵衛であったが、おちよをまさか旗本の若殿が見初《みそ》めていたとは気が付かなかった。

栄三郎は、旗本家から頼まれて、淡々とおちよの調査をしたようで、その結果、金兵衛は〝若の恋〟を妨げる不届き者として、若殿に衆人環視の中、殴りつけられ、頭を下げさせられることになった。

――この度はまんが悪かったのだ。

その時は、頭にきたが、諦めて逃げ出すしかなかった。

栄三郎なる男を相手にしている間もなかったのである。

だが、山野井豪太郎の口から再びその名を聞くと、体中の血がたぎった。

あの日の屈辱《くつじょく》が、腹立ちとなって蘇《よみがえ》ったのだ。

生きていると、どういうわけか自分に害をなす相手と出合うものだ。

たとえば博奕《ばくち》場に行った折、そ奴と会うと負けが込む。

町でそ奴とすれ違うと、必ず災いに巻き込まれてしまう。

そんな相手がいる。

金兵衛にとって、秋月栄三郎こそがそうだと思えてきた。

金貸しなどという仕事は、ひとつの博奕である。

金のない者がすると博奕には勝てないが、懐《ふところ》が重い者は勝てる。

それを信じてやってきた。

ところが、博奕には勝利を確信した途端《とたん》に、思いもかけぬ間の悪さに襲われて、何もかも台無しになってしまう危険が孕《はら》んでいる。

――秋月栄三郎は、何とかせねばならない。さもなくば、この後も自分に祟《たた》るかもしれない。

金兵衛にその想いが募り、

「とりあえず五両だけでも手に入ったのだ。そんな男に関わると面倒だ。まず、放っておきましょう」

という気には、なかなかなれなかった。

「蔵前のことに首を突っ込んできやがって、このままではすましておけませんよ」

金兵衛は、大金をはたいてでも、秋月栄三郎という芽を摘んでおきたくなった。

蔵宿師と対談方の喧嘩はよくあることだ。

山野井豪太郎とて、蔵宿師の矜持《きょうじ》を秋月栄三郎によって引き裂かれた想いは、心の奥底に持っていた。

山野井が集めた金を元手に、金兵衛は既に巨額の金を得ていた。

一旦《いったん》、蔵前から手を引いて、新たな商売を考えてもよい頃にきている。

山野井とて、いつまでも同じ手口を使えるわけではなく、そろそろ引き際を考えねばならぬ時でもあった。

「ここはひとつ、大金を摑《つか》んで、これまでの垢《あか》を落しに贅沢な旅に出るのも悪くはありますまい」

金兵衛に囁《ささや》かれると、

「そうよのう、おれもちょうど、あ奴を斬《き》ってみとうなっていたところじゃ」

山野井はこれに乗った。

それが、二年前に秋月栄三郎が、大野屋京右衛門を訪ねた帰りに襲われた一件の成り立ちであった。

あの折もまた、金兵衛はまんが悪かった。

栄三郎は恋女房に五十両の金を持って帰る道中に襲われたので怒り狂った。

栄三郎が怒った時の剣は、手をつけられなくなるなど、金兵衛も山野井も知らなかった。

ましてや、栄三郎が置かれていた状況など予想だにしていなかったのだ。

さらに、又平の気働きが功《こう》を奏《そう》し、大樹の上から降り注《そそ》ぐ石塊《いしくれ》に、山野井はたじろいで後れをとった。

又平はこの際、南町奉行所同心の前原弥十郎にも念のため出動を求めていたから、山野井達は秋月栄三郎を襲撃し、返り討ちにあったと密《ひそ》かに処理された。

金兵衛は、用心のため山野井の仕事を、手先を使って見届けさせたのだが、返り討ちにあったと報されるや、すぐに姿をくらました。

栄三郎が、ことごとく斬り捨ててくれたことは、金兵衛にとってはありがたかった。

金兵衛が蔵宿師の背後にいて、金貸し業に弾《はず》みをつけていたのは、少し調べればわかるだろう。

山野井達に栄三郎を襲わせたのは、金兵衛ではなかったかと疑われるのは必《ひっ》定《じょう》。

捕えられた山野井達の誰かが、金兵衛の名を口にせんとも限らなかった。

そんな局面もあろうと、金兵衛は日頃から役人達に鼻薬をかがせていた。

ここは知らぬ顔をして、ほとぼりが冷めるまで江戸を離れることにしたのであった。

一旦そのように決心すると、金兵衛の動きは早かった。

いつまた江戸を出ねばならぬかわからぬので、絶えず旅に出る段取りはつけていた。

そうして、この度は駿府《すんぷ》に潜み、その間も手先を使って江戸の様子を調べさせたのだが、山野井豪太郎の死は、蔵宿師と対談方の抗争によるものだと片付けられていた。

役人達への鼻薬が利いたか、金兵衛の共犯を匂《にお》わすような噂《うわさ》も、流れている気配はなかった。

しかし、それと同時に秋月栄三郎のこの件についての噂も流れていないと聞いて首を傾《かし》げた。

五人に襲われて返り討ちにしたのだ。

その内の一人は、蔵宿師として少しは人に知られた山野井豪太郎である。

秋月栄三郎の剣名が俄《にわか》に世間に鳴り響いたとてよかろうものだ。

それが、破落戸浪人共の抗争と片付けられているのは不可思議であった。

栄三郎が、そんなことで人に知られたとて喜ぶ男でないのはわかるが、そういう煩《わずら》わしい噂を抑えるだけの人脈を、奉行所に築いているともいえよう。

その辺りも、金兵衛にとっては不気味であった。

かくなる上は、しっかりと秋月栄三郎を調べ上げんとしたが、彼の周りには賑やかに人が集まり、腕と智恵がありながら、欲に走らず、いつもと変わらず飄々《ひょうひょう》としているという。

札差からの帰りに、五人の刺客に襲われたというのに、何もなかったかのように振舞《ふるま》っているとも知らされた。

対談方として金に転《ころ》んだかと思ったが、どうも一時期金が入り用になり、たまさか請け負ったようで、その後は元の暮らしに戻っている。

「こっちから手を出さぬ限りは害もなかろう。相手にせず忘れてしまえばよいのかもしれぬ」

金兵衛はそうも思ったが、再び江戸に戻ると決めると、やはり秋月栄三郎が気になって仕方なかった。

金兵衛の初めのつまずきとなったのは、おちよへの懸想であったが、そのおちよは武家の養女となり、彼女を見初めた旗本の若殿・永井辰之助の妻となっていた。

永井辰之助は、八百石で永井勘解由の甥《おい》にあたる。

その永井家本家でも、婿養子《むこようし》に一介の浪人の息子を迎えたという。

物好きの血統なのかもしれないが、婿養子に迎えた塙《はなわ》房之助は学問優秀の才子であるらしい。

さらに調べを進めてみると、この房之助の姉は、一時永井家の奥向きにいて、その後、秋月栄三郎と夫婦になったという事実が浮かんできた。

その姉は久栄といって、ちょうど二年前に死んでしまったそうな。

栄三郎が、大野屋の対談方を請け負ったのには、その辺りの事情が絡んでいたのかもしれないが、金兵衛には栄三郎と永井家の繋がりが真《まこと》に不快であった。

永井辰之助には、馬乗りになられ、散々に殴られた思い出がある。

秋月栄三郎は、その親類にあたるのだ。

一度ならず二度までも、栄三郎のせいで江戸から離れねばならなくなった。

この度は、金兵衛という名も喜代蔵《きよぞう》と変え、内藤新宿大木戸《ないとうしんじゅくおおきど》にほど近い、伊賀《いが》町に紛れ込んでの再出発である。何やら侘《わび》しく思えてきて、沸々と栄三郎が疎《うと》ましくなってくる。

頼みとしていた山野井豪太郎は死んだが、駿府で山野井以上の凄腕《すごうで》に出会った。

その浪人が、今、金兵衛が向かい合い、盃《さかずき》を交わしている相手である。

名を市田峰之助《いちだみねのすけ》という。

江戸では腕利きの人斬りとして知られたが、この男もまた金兵衛と同じく、江戸にいられぬことをしでかして駿府に逃げていた。

江戸に戻れば、かつての手下が何人もいる。

金兵衛が新たな力にするには、恰好《かっこう》の男であったのだ。

「おぬしも、やっとまた江戸に戻ったのだ。まず疫病神《やくびょうがみ》の息の根を止めておいた方がよかろう」

その新たな用心棒が、喜代蔵となった金兵衛に言った。

「はい。まず急ぐことはありません。じっくりと奴を調べあげて、旦那の腕を見せてくだされればよろしゅうございます」

「心得た……」

金兵衛にとって秋月栄三郎が疫病神であるように、栄三郎にとっても、この金貸しは不吉な存在以外の何ものでもなかったのである。

六

秋月栄三郎は、月に一度深川へ出向くようになった。

この辺りに隠然たる力を持つ、香具師《やし》の元締・碇《いかり》の半次《はんじ》と会うためだ。

半次とはお染を通じて交誼《こうぎ》を深めるようになった。

いかにお染が、芸者時代に売れていたかが知れるというものだが、三年前に栄三郎は、半次に頼みごとをしていた。

それは、お染が生き別れになってしまった礼次《れいじ》というかつての想い人の消息を得るためであった。

礼次は止《や》むをえぬ理由で、お染を守らんとして人を殺《あや》め、逃亡していた。

お染とはそれ以来会わぬままにいたのだが、お染の心の内から礼次への想いが拭《ぬぐ》い切れていないと見た栄三郎が、お節介を焼いたのである。

栄三郎贔屓《びいき》である半次は、お染のためならと喜んでこれを引き受けてくれた。

結局、礼次は水戸《みと》にいて達者にしていたが、そこで惣五郎《そうごろう》という処の親分に義理が出来て、礼次を慕う惣五郎の娘と所帯を持っていた。

お染の悲恋を確かめ、これを伝えた栄三郎であったが、この一件で半次への義理が出来た。その想いを伝えると、

「何を言いなさる。あっしは栄三の旦那に頼みごとをされると嬉しくて仕方がねえんだ。もしもあっしに義理を覚えておいでなら、時折は訪ねてやっておくんなさいまし」

半次は、とび上がるように喜んで、このように言ったものだ。

その言葉に応えんとして、栄三郎は律儀に半次を訪ねているというわけだが、半次の四方山《よもやま》話は実に興味深く、取次屋をする身にとっては役に立つ。

香具師の元締とつるんでいるなどと人に見られるのは業腹《ごうはら》であるゆえ、栄三郎はいつも一人でそっと訪ねていた。

半次も栄三郎の想いがわかるので、船宿の一間《ひとま》で酒を酌《く》み交わしたり、屋根船で人目を避《さ》けて話し合ったり、その辺りは気にかけてくれていたのだが、お染にはお見通しのようで、

「深川の元締と、近頃は随分つるんでいるようじゃないか」

夕餉を届けてくれる時に、彼女は冷やかすように言った。

「つるんでいるだと？　お染、子供の前で人聞きの悪いことを言うんじゃあねえや」

栄三郎は、市之助を横目に苦笑《にがわら》いを浮かべたが、市之助は二人の話などまったく耳に入らず、旺盛《おうせい》な食べっぷりを見せている。

「元締には色々と義理があるのでな。ちょいとばかり笑わせてあげねえといけねえのさ」

「義理ねえ……。わっちの分も入っているからねえ」

「そういうことだ。ちったあ、ありがたがらねえか」

「ありがたがっていますよう。見りゃあわかるだろう。ねえ、市さん……」

「はい！」

市之助はいつもお染の肩を持つ。

又平に対しても同じく彼の肩を持つのだが、お染と又平が喧嘩を始めると、それを二人の遊びだと思い、どちらに付くわけでもなくにこにことしている。

栄三郎は、市之助に、

「お前はなかなか心得ているねえ。それでいいんだよ」

その度に息子の小さな肩をぽんと叩《たた》いてやるのだ。

夕餉が済み、栄三郎がいつものようにお染を、家の表へ出て見送ると、夜風はすっかりと冷たくなっていた。

「もう十一月なんだねえ」

お染は両袖に手を入れて、軽く帯の前で手を合わせながら、首を竦《すく》めてみせた。

手の位置が少しずつ下がるのが、年増《としま》の風情《ふぜい》なのであろうが、お染はどこに手をやっても様になる。

「ああ、寒いはずだ」

「もうすぐ市さんの袴着だねえ」

「覚えていてくれたのかい？」

「当り前ですよう。その日は派手に祝わないとねえ」

「どうせそうなるだろうよ」

「我も我もと来るだろうからねえ」

「そん時は稽古場で宴《うたげ》を張るから、またよろしく頼んだよ」

「承知いたしておりますよ。それより、また何か取次の仕事を抱えているのかい？」

お染は少し探るような目を向けた。

「わかるかい？」

「このところ、駒《こま》さんがちょくちょく訪ねてきているみたいだからさ」

「さすがはお染だな」

栄三郎はニヤリと笑った。

駒さんとは、又平の兄弟分の駒吉である。

もう何度も栄三郎の取次屋稼業を手伝ってきたことは、わざわざ語るまでもあるまい。

又平と同じく捨て子であったのを、見世物小屋の親方に育てられ共に軽業《かるわざ》で鳴らした子供の頃を経《へ》て、今は立派に瓦職人《かわら》となり、おくみという裁縫師匠と所帯を持って暮らしている。

一度は深川の悪党に、身の軽さを買われて荒れた暮らしを送ったものの、又平に助けられ、今は幸せの最中にいる。

それでも、ここに至るまでには、随分と秋月栄三郎の世話になっている。

「あっしも、又平と一緒に手伝わせておくんなせえ」

とばかりに、何かというと首を突っ込んでくるのである。

駒吉も今では女房子供のいる身であるから、栄三郎は渋っていたのだが、それぞれが子を持つ身となれば、駒吉が一枚加わってくれると大いに助かる。

瓦職を疎《おろそ》かにはせぬようにと言い聞かせた上で、この二年の間は、駒吉には大いに助けられていた。

その駒吉が、手習い道場にやたらと出入りしているのは、栄三郎が何かまた新たな取次を頼まれているということに他ならない。

「取次の方も、やめるわけにはいかねえからな」

栄三郎はつくづくと言った。

「そうだねえ……」

ただ欲得ずくでしているのではない。栄三郎の取次は、人助けの意味合いが大きい。

それでも、時には危ない仕事もあるから、お染は案じるのだ。

二年前に栄三郎が危ない目に遭った一件も、お染が持ちかけた仕事がきっかけとなった。

あの時、もしものことがあれば、市之助は二親を亡くしているところであったと思うと、お染は今も胸が痛むのだ。

「お染……」

「あい」

「おれが死んだ時は、死んだ時で何とかなるよ。市之助は皆の子供として育っていこうよ」

「そうだねえ……」

秋月栄三郎は、我が子かわいさに腰の引けた男にはならない。

お染は、改めてその心意気に心を打たれて、

「まあ、しっかりやっておくれな。毎度ありがとうございます!」

大きな声で礼を言うと、足早に店へと戻っていった。

それと入れ替わりに、隣の傘屋から又平と駒吉が出てきて、呆《あき》れたようにみるみる小さくなるお染の後ろ姿を眺めた。

「まったく、でけえ声を出すんじゃあねえや」

又平は、お染をくさしつつも、ふっと笑った。

「ふふふ、まあ、あれでも気を遣っているんでしょうけどねえ」

長年喧嘩を繰《く》り返してきた相手だけに、又平にはお染の考えていることが、よくわかるのだ。

いかに盟友ともいえる秋月栄三郎とて、お染も女としての遠慮がある。

「おばさん、おばさん……」

と、市之助が懐いてくれるので、かわいくて堪《たま》らずに嬉々として手習い道場に食事を運んではいるが、

「わっちは、久栄さんの後釜《あとがま》に座ろうなんて、これっぽっちも思っちゃあいないんだからねえ……」

おかしな見方をされたら傍《かたわ》ら痛《いた》いと、その想いを大きな声を出すことで示しているのであろう。

「又、お前は何かってえと喧嘩をおっ始めるけど、おれはあの姐《ねえ》さん、好きだな

あ……」

駒吉は又平を窘《たしな》めるように言った。

「駒、お前との付合いを考えさせてもらうぜ」

又平は、しかめっ面《つら》で応えたが、その声はやさしい響きであった。

栄三郎は、二人のやり取りを満足そうに眺めると、

「それで、何かわかったかい？」

引き締まった顔で訊ねた。

又平と駒吉はしっかりと頷《うなず》く。

「そうかい、そいつはありがてえ、さすがは軽業兄弟だなあ」

栄三郎が感じ入ると、

「大したこともありませんよ」

「深川の元締が、お膳立《ぜんだ》てをしてくれましたから……」

二人は殊勝な表情となった。

「この仕事は、市之助の袴着までに済ませておきてえからな。それもこれも、おれの周りに集まってくれる皆のためになることだから、うまくやらねえといけねえや」

やがて三人は、揃《そろ》って手習い道場へと入っていった。

お染が見た通り、栄三郎は又平と駒吉を使って、何やら一仕事企《たくら》んでいるようだ。

おれの周りに集まってくれる皆のために……。

その言葉から察すると、大仕事らしい。

それと同時に、なかなか危険な香りが漂っていることも否《いな》めなかったのである。

七

市之助の袴着の儀式は迫っていた。

十一月十五日は、市之助に裃《かみしも》を着せて日吉山王社《ひよしさんのう》に詣《もう》でて、それからは手習い道場に人を集めて、大宴会を催す運びとなっていた。

取次の仕事があるならば、すませておきたいのは当然であろう。

しかも、何やら一筋縄でいかないことならば尚《なお》さらだ。

しかし、そうしている間も、金貸し金兵衛の魔の手は確実に、栄三郎に迫っていたのである。

「さて、いつ栄三を殺《や》る……」

人斬りを生業にしてきた市田峰之助は、人を殺す段取りになると、話し口調《くちょう》も特に落ち着いてくる。

その夜は十一月十二日。

いよいよ市之助の袴着まで、あと三日となっていた。

内藤新宿の大木戸を、少しばかり南へ行ったところに千駄ヶ谷《せんだや》の町屋が点在していて、百姓地と隣り合わせた町の外れに、ひっそりと建つ料理屋――。

周囲は杉木立で、そこを抜けると金兵衛が隠れ住む、茶道具屋がある。

金兵衛が峰之助と密談をするに恰好の場であった。

「栄三の倅がほどのう袴着だそうな。それに向けて奴の周りは大騒ぎをしておる。狙《ねら》うなら、これが終って一息ついたところだな」

秋月栄三郎は市田峰之助の顔を知らない。

峰之助はそれに乗じて、手習い道場を見張っていた。

凄腕の人斬りらしからぬ動きを見せるのが市田峰之助の身上《おとこ》である。

彼は編笠《あみがさ》の武士に止《とど》まらず、物売りや通人、商家の男衆にまで姿を変え、手先を使わず、自らの目で栄三郎を見張り、情報を集めていた。

そして峰之助は、滅多やたらと手下を使わなかった。

使えばそこから綻《ほころ》びが出るものだ。ぎりぎりになって、相手の名も素姓も明かさず、

「敵を逃がさぬようにさえしてくれればよい」

と言って雇うのだ。

雇うのは一度きりで、自分の名も雇う相手の名も別名で名乗り合い、二度と会わぬようにする。

縁が浅ければ、いざという時に逃げ易《やす》くなると彼は信じていた。

「どうぞよろしくお願いします」

金兵衛は、いよいよ峰之助に仕事に取りかかってもらえるように頼んだ。

前金五十両、後金で五十両、手下集めに五十両の金を用意した。

「よし、ならば明日から手下を集めるとしよう。おれの見たところでは、奴は隙《すき》だらけだ。岸裏伝兵衛なる剣客《けんかく》が奴の師で、ほど近いところに稽古場を構えているというのに、稽古嫌いゆえ、ほとんど出入りはしておらぬ。なに、おれ一人でも大事なかろう」

栄三郎に討たれた山野井豪太郎などは、所詮《しょせん》己が剣に驕《おご》った、いかさま用心棒であったのだと、峰之助はうそぶいた。

秋月栄三郎とて、ただ一人で五人を斬ったわけではないはずだ。あの折は、大野屋の用心棒が密かに栄三郎を守っていて、少なくとも二人は栄三郎を助けたに違いない。

実際、大野屋には近本、才木という用心棒がいたという。

「とにかく奴が一人になる間合を見つけ、そこを狙えばよいのだ」

峰之助は既に勝ち誇っている。

「もしも奴が隙を見せなんだら、奴が大事に思う者を狙い、おびき寄せればよい。あ奴は仲間を大事にするそうな。そこが攻めどころよ」

その夜の悪巧みは終った。

料理屋の一間を仮住まいにしている峰之助は、金兵衛を店の表まで見送ると部屋で一杯やり出した。

店の外は木立に囲まれた寂しい通り道であるが、金兵衛が住む茶道具屋はもう目と鼻の先で、そこまで送っていくまでもなかった。

だが、すぐに峰之助は盃を置いた。

どうも今宵《こよい》はいつもと違って、胸騒ぎがしたのである。

そこはさすがに市田峰之助である。

一刀流を極《きわ》めたが、剣術談義がこじれて相手を斬り殺し、以後は表舞台から姿を消して人斬りとなった。

智恵もあり、不利な斬り合いは極力避け、人を斬ることで力をつけてきた筋金入りの真剣勝負師だ。

辺りに漂う殺気には鋭敏である。それが店の外に充《み》ちているような感覚に囚《とら》われたのだ。

峰之助の勘は当っていた。

その時。料理屋から茶道具屋までの僅かな道に、突如としてひとつの黒い影が現れ、金兵衛の前に立ち塞がったのだ。

「お、お前は……」

驚く金兵衛の眼には、秋月栄三郎が映っていた。

「二年前、お前に殺されそうになった秋月栄三郎さ」

「何と……」

金兵衛の口が恐怖で動かなくなっていた。

「それでまた、江戸に戻ってきて、まずおれを殺そうと企んでいるとは、お前もしつこい男だなあ」

自分を殺そうとした山野井豪太郎の背後に、金兵衛がいるのは明白であった。

栄三郎が、そうと知りつつ何も手を打たぬわけはなかった。

あれから二年の間、栄三郎は金兵衛の行方を追い求めていた。

金兵衛が、栄三郎を疫病神と思った以上に、栄三郎は金兵衛を災いの源と捉えていた。

久栄の死後、栄三郎の周りには以前にも増して、人が集まってくれるようになった。

大事な市之助と仲間達に、金兵衛はいつか必ず災いを及ぼすであろう。

深川の元締・碇の半次との交誼を深めたのも、ひとつには金兵衛の行方を求めるためでもあった。

栄三郎は、半次が流してくれた情報を基に、又平、駒吉の助けを借りつつ、どこかへ逃げ、必ずやまた江戸に舞い戻ってくるはずの金貸し金兵衛の動向を見極めていた。

そして、金兵衛には市田峰之助なる人斬りが付いているのもわかっていた。

峰之助が、変装をして敵の情報を探らんとするのを身上とするのも察知していたから、栄三郎はきっと自分の動きは見張られていると思い、日々賑やかに生きるお調子者をいつも以上に演じてみせた。

峰之助が自分の周りに張りついているのならば、逆にその間、金兵衛の守りは緩《ゆる》くなる。

市之助の袴着の日までに、栄三郎がすませておきたかったのは——、

「金兵衛、お前を殺すことさ」

言うや否や栄三郎は、金兵衛の腹を無銘《むめい》の愛刀で刺し貫いていた。

この刀は、父・正兵衛が、生涯にただ一振り、息子のために打った業物《わざもの》であった。

「な、何をする……」

金兵衛は低く呻《うめ》いた。

「おれが繋いだ人の輪を、お前なんぞに荒らされて堪るか。おれは、いつも笑ってはいねえぜ……」

「うッ……」

「言っておくが、先に仕掛けてきたのはそっちだぜ」

太刀《たち》を引き抜こうとした時であった。

「遅かったか……」

市田峰之助が現れ、迫ってきた。

彼の鯉口《こいぐち》は既に左の指で切られている。

「市田峰之助だな……」

「さすがは取次屋栄三だ。調べがついていたとは見上げたものだ」

峰之助は静かに語りかけながら、栄三郎が金兵衛の体から刀を抜く間を計っている。

息絶えた金兵衛が膝《ひざ》をついた。栄三郎も片膝をついて突き入れた刀の重みを和《やわ》らげる。

刀を金兵衛の体から引き抜く。その間が栄三郎にとって命取りになるのは、二年前に山野井達と斬り合った時の経験でわかっている。

あの折も一人を刺し貫いた後に、刀を引き抜く間を捉えられて肩を斬られた。

幸い、又平が大樹の上から石塊《いしくれ》を降らせてくれたので助かったが、今日のこの場は木立に囲まれていても、高く登れる大樹もない。

又平には、上水の岸辺で待つように言っていた。

金兵衛を仕留めれば、すぐにそこから脱するつもりであった。

市田峰之助は、雇い主の仇《かたき》を討つような情を、仕事に持ち込まぬ非情な男として知られていた。

その非情さが仕事だけは完遂するという信用に繋がっていたといえる。

ゆえに、金兵衛さえ仕留めれば、峰之助がこの後、栄三郎を付け狙うこともないと見ていた。

しばらくは、又平と駒吉が彼の動向を覗き見て、それを確かめれば、わざわざやり合う必要はないと思ったのだ。

それゆえ、金兵衛を仕留めて、すぐにその場から立ち去ろうと考えていた栄三郎であったが、少しばかり語り過ぎた。

「市田峰之助……、おれを斬るか……」

栄三郎は、その場の姿勢のままで問うた。

「もはや金兵衛には、何の思い入れもないが、目の前で雇い主が殺されたとなれば、このまま捨ておけぬ」

「おぬしにも情があるか」

「そういうことだ。この勝負はおれに分があるゆえにな……」

峰之助がニヤリと笑った。

その刹那、栄三郎は太刀を抜くのを諦め、後ろへ跳び下がった。

同時に峰之助が抜き打ちをかけ、栄三郎は顔前にその刃風を受けつつ、かろうじて峰之助の一刀をかわした。

既に脇差《わきざし》を抜き、小太刀の構えをとったが劣勢は免れなかった。じりじりと間を詰められると、

「こ奴はおれが引き受けたぞ」

危ういところで聞き慣れた声が栄三郎に届いた。

「何だ、どうしてここに……」

暗がりの中に現れた一人の武士。

一目でわからぬはずがない。剣友・松田新兵衛であった。

——又平の奴め、近頃は出過ぎたことが多いぞ。

又平には、

「誰にも言うなよ」

と告げて、この場に臨《のぞ》んだ栄三郎である。

そもそも取次屋稼業で生じた因縁なのだ。己が力で片付けるのが筋であった。

今や剣術師範としての落ち着きをみせている松田新兵衛に加勢を頼むべきことではない。

だが、又平はそれでも栄三郎の命にこだわったのであろう。今日のことをそっと新兵衛に告げていたのだ。

「何だとは何だ。これまで何度もおれに尻拭《しりぬぐ》いをさせておいて、おかしなところで強がるではない」

野太い声で言い放つと、

「気楽流・松田新兵衛、秋月栄三郎とは一心同体の者でな」

ゆっくりと市田峰之助に対峙《たいじ》して抜刀した。

「笑止な……」

峰之助は動ぜず、覚悟を決めていた。

まず、金兵衛の体に刺さった太刀を引き抜くと、それを遠くに投げた。

栄三郎はこの場から逃げ出すまい。

ならば、まずこ奴を斬り、勢いに乗じて栄三郎を斬ってやる――。

だが新兵衛の平青眼《ひらせいがん》に構えた刀は微動だにせず、重い剣先はぴたりと峰之助に向いている。

峰之助はたじろいだ。

彼はこれほどまでに腕の立つ相手と斬り合ったことがなかったからだ。

世に名高き剣客は、峰之助のような人斬りと、刃を交えるような真似《まね》はしない。

そもそものような世界に首を突っ込みはしないのだ。

秋月栄三郎については一通り調べたはずであった。気楽流岸裏道場という稽古場があるのも知っていた。

しかし、栄三郎に張り付いているのが精一杯であり、名も無き剣術道場だと侮《あなど》り、稽古の様子まで覗かずにいた。

今現れた松田新兵衛という剣客は、己が名を轟《とどろ》かせようとはせずに、ひたすら剣を磨《みが》いてきたのであろう。

しかも、やくざまがいの剣客・秋月栄三郎と、一心同体と口に出来る大らかさがある。

しかし、松田新兵衛の強さを、この手で確かめてみたくなるのが、不敗の人斬り・市田峰之助の悲しき性《さが》と言えよう。

「参る……」

彼は無意識のうちに、八双《はっそう》に構え前へ出た。

新兵衛は動かぬ。

「ええいッ!」

峰之助は猛然と必殺の一撃を、激しい踏み込みと共に繰り出した。

「やあッ……!」

新兵衛は半歩右へ回り込んだかと思うと、峰之助の一刀を柳に受け流し、電光石火の一撃をかえした。

剛剣の新兵衛は、長年の修行を経て、軽く敵に切っ先を打ち込む術《すべ》を会得《えとく》していた。

二寸(約六センチ)ばかり相手の首筋を斬れば勝負はつく。

見事であった。その刹那、峰之助の左の首筋から血が噴き出した。

彼は、一言も発せず崩《くず》れ落ちると、そのまま動かなくなった。

「新兵衛……」

栄三郎は感極まり涙を流していた。

自分に対する友情もさることながら、これほどまでの剣の境地に達した彼の凄《すさ》まじいまでの研鑽《けんさん》に感動を覚えたのである。

「何も言うな。栄三郎、何も言うではないぞ。ちと気恥ずかしいことを申した……」

夜目にも赤い顔をして、新兵衛は足早にその場を立ち去った。

元よりこんなところに長居は無用だ。

栄三郎も木立を出たのだが、どうやら新兵衛は、市田峰之助に、

「秋月栄三郎とは一心同体の者……」

と言ったことを、後から恥ずかしくなったと見える。

「ふふふ、新兵衛、何も恥ずかしがることはなかろう」

それに気付くと、何やらおかしくなってきて、栄三郎は笑いを押し殺しながら、

「うむ、一心同体、大いにありがたい。新兵衛、おれも常々そう思っているよ。ははは……」

「おれもおぬしも人を斬ったのだぞ。笑う奴があるか、早く来い」

新兵衛は怒ったように言った。

何と心やさしく、無愛想な片割れであろうか。

「新兵衛、待ってくれ。あ奴が投げやがったおれの刀をだな……」

上水の岸辺に出たところで、件《くだん》の抜き身を手にした又平が二人を待ち構えていた。

八

「昔々、あるところに、馬鹿なことばかりして、周りの者を困らせている鬼がいました……」

市之助の袴着の宴は、もうすぐに始まろうとしていた。

手習い道場には、皆を迎え入れるための準備が行われていたが、又平夫婦、駒吉夫婦、お咲とこんにゃく三兄弟、〝そめじ〟からは竹八ことお竹。それに善兵衛長屋の女房達が入れ替わり立ち替わり現れては、料理を並べたり、酒器を調えたりして、宴が始まる前から賑やかなことこの上もなかった。

「おいおい、こんなにしてくれなくったっていいってもんだぜ。お咲、お前は身重なんだから、そんなに働いちゃあいけねえだろう」

秋月栄三郎は、その騒ぎの真ん中にいて、料理の味見をしながら既に酔っ払っていた。

主役の市之助は、日吉山王社に詣でた後、この騒々《そうぞう》しさから逃れ、手習い道場の二階にいた。

「その馬鹿な鬼は、心やさしい町の女には、ことさらに意地の悪いことをしたのでした」

市之助の相手をしているのはお染である。

宴に来る客より、用意に働く者の数の方が多いのではないかと、お染は半ば呆れながら、市之助におかしな御伽話を聞かせていた。

御伽話に新たな解釈を加え、おもしろおかしく手習い子達に聞かせるのは、栄三郎が得意とするもので、市之助は聞き慣れているだろうから、お染はさらに工夫したようだ。

「おばさん、それは悪い鬼だね」

「ああ、悪い鬼さ。こういう悪い鬼はその辺にいるから気をつけないとね」

「気をつけるよ」

「市さんは強いから、どうってことはないよ」

「鬼はなんというやつなんだい？」

「それはね、又平というんだよ」

「又平……？」

「そう、又公ともいう……」

「又公……？」

　他愛もない話をしているうちに、日吉山王社から市之助が戻ったと聞いて、岸裏伝兵衛、松田新兵衛、陣馬七郎、河村文弥こと岩石大二郎など、栄三郎の剣友達が次々とやってきた。

　さらにこんにゃく三兄弟が迎えに行って、田辺屋宗右衛門が、ふくよかな体を揺すりながら、

「お咲、お前はもう少し、大人しくしていた方がよいのではないか？」

　自分より腹が出ているお咲を見かけて、顔をしかめた。

「これはこれは、いずれも様におかれましては忝《かたじけの》うござりまする……」

　栄三郎はにこやかに客を迎え、市之助を二階から降ろして挨拶《あいさつ》に回った。

「市之助がこの度、袴着の儀を迎えまして、まずこの後も、よろしくお引き立てを願いまする……。などと言っておりますが、久栄が死んでこの方、皆々様には世話になってばかりで、まったく面目《めんぼく》もございません。今日は市之助をだしに、親しくさせていただいている皆様と一堂に会し、楽しく一杯やりたい……。そん

な宴でございます！」

遂《つい》には、こんなくだけた口上がとび出し、それからは一気に賑やかな宴となった。

「酔い潰《つぶ》れる者が出たら任《まか》せておいてくれ」

医者の土屋弘庵が、よいところに来てくれた。弟子の捨吉《すてきち》と手伝いのおりんが控えている。

山犬と異名をとった暴れ者の捨吉も、今はおりんと夫婦になって、弘庵を支えていた。

「そんなら、おれはひっくりかえるまで飲むからな！」

頑固者の煙管《キセル》師・鉄五郎が、赤ら顔で叫んだ。

「飲むのは勝手だが、死ぬんじゃあねえぜ」

それを窘めながら同心の前原弥十郎が入ってきた。

「まあ、栄三先生はおれの友ゆえ、顔を出さぬわけにはいくまい」

などと言って、特に呼ばれているわけでもないのにやって来た蘊蓄《うんちく》おやじは、若侍の客を連れていた。若侍の傍には美しい武家娘もいる。

若侍は、与力・鮫島文蔵《さめじまぶんぞう》に、

る。
千吉は文蔵の養子となり、鮫島千之助《せんのすけ》として見習い与力として出仕《しゅっし》し始めてい
と言わしめた智恵の塊のような少年・千吉《せんきち》。娘は妹のおはるであった。
「千の倉より子は宝」

「こいつは千之助の旦那」

栄三郎が声をかけると、

「よしてくださいよ、栄三先生……」

千之助は苦笑いを浮かべた。

智恵の塊のような千吉が、文蔵の養子に見込まれたのは、栄三郎の勧めによる
もので、彼は今も栄三郎には頭が上がらない。

「いやいや、立派になられた……」

千之助は見習いながらめきめきと頭角を現しているらしい。

「又平、こうして来てくれた客の顔を見廻《みまわ》すと、おれはとんでもなく顔が売れて
いるんだなあ。大坂の親父殿に見せてやりたかったよ」

千之助、おはるの、すっかりと武家の立居振舞《たちいふるまい》が身についた姿を見ていると、
つい又平にそんな言葉を投げかけたくなる。

「そりゃあもう、今じゃあ旦那を知らねえ者は、この辺りにはおりやせんよ……」

ことなげに応えた又平が、渋い表情をしている。

「なんだ又平、その冴《さ》えない面はよう」

栄三郎が問うと、

「いえね、若があっしを恐え《こえ》目で見るんですよ」

「市之助が？」

「へい。〝又さん、町の女《ひと》に意地の悪いことをしてはいけないよ〟なんて言って……」

「ふふふ、そうかい、そんな御伽話を耳にしたんだろうよ」

「御伽話を？　そうか、お染の奴がくだらねえ話をしやがったな……。あの女《あま》ただじゃおかねえからな」

「どうでもいいが、お前達はいつまでそうやっていがみ合うんだろうなあ」

栄三郎が高らかに笑った時――。

「痛い……！」

突如お咲が大きな腹を押さえて屈《かが》み込んだ。

「いけねえ……、お咲が産気づいたぜ！」

宴の場はさらに大騒ぎとなった。

「新兵衛！　うろたえるな！　お咲を上の部屋に連れて行ってやれ！」

栄三郎に言われて、新兵衛はお咲を抱きかかえて二階へと上がった。

二階の部屋は、お咲が栄三郎に剣を学び始めた時に、彼女の拵え場として、宗右衛門が整えてくれたところである。

そこで子を産《う》むとなれば、これも縁であろう。

弘庵がおりんに指示を出して仕度をする。

女達は一斉《いっせい》に二階へ駆け上がった。

市之助は、自分の祝いの席が、どうしてここまでの騒ぎになるのであろうと、遊び相手の玉太郎と二人で目を丸くしている。

「新兵衛、お前もいよいよ人の親となるか！」

岸裏伝兵衛の声が聞こえる。

又平は慌しく辺りを見廻しながら、

「旦那、旦那とはもう長く一緒にいさせてもらっていやすが、ふふふ、思えば毎日が祭りみてえなものでございましたよ」

しみじみとして言った。

「ああ、まったくだな。又平、これからも祭りはまだまだ続きそうだぜ」

栄三郎は何度も頷くと、市之助を高々と抱き上げて、

——久栄、市之助はおれよりももっと、人との縁に恵まれそうだよ。これでいいよなあ。

にこやかに、天に向かって問いかけた。

（完）

忘れ形見

一〇〇字書評

切り取り線

購買動機（新聞、雑誌名を記入するか、あるいは○をつけてください）

□（　　　　　　　　　　　　　　）の広告を見て
□（　　　　　　　　　　　　　　）の書評を見て
□ 知人のすすめで　　□ タイトルに惹かれて
□ カバーが良かったから　　□ 内容が面白そうだから
□ 好きな作家だから　　□ 好きな分野の本だから

・最近、最も感銘を受けた作品名をお書き下さい

・あなたのお好きな作家名をお書き下さい

・その他、ご要望がありましたらお書き下さい

住所	〒				
氏名		職業		年齢	
Eメール	※携帯には配信できません		新刊情報等のメール配信を 希望する・しない		

この本の感想を、編集部までお寄せいただけたらありがたく存じます。今後の企画の参考にさせていただきます。Eメールでも結構です。

いただいた「一〇〇字書評」は、新聞・雑誌等に紹介させていただくことがあります。その場合はお礼として特製図書カードを差し上げます。

前ページの原稿用紙に書評をお書きの上、切り取り、左記までお送り下さい。宛先の住所は不要です。

なお、ご記入いただいたお名前、ご住所等は、書評紹介の事前了解、謝礼のお届けのためだけに利用し、そのほかの目的のために利用することはありません。

〒一〇一‐八七〇一
祥伝社文庫編集長　坂口芳和
電話　〇三（三二六五）二〇八〇

祥伝社ホームページの「ブックレビュー」からも、書き込めます。
www.shodensha.co.jp/bookreview

祥伝社文庫

忘《わす》れ形見《がたみ》　取次屋栄三《とりつぎやえいざ》

令和元年8月20日　初版第1刷発行

著　者　岡本《おかもと》さとる
発行者　辻　浩明
発行所　祥伝社《しょうでんしゃ》
東京都千代田区神田神保町3-3
〒101-8701
電話　03（3265）2081（販売部）
電話　03（3265）2080（編集部）
電話　03（3265）3622（業務部）
www.shodensha.co.jp

印刷所　錦明印刷
製本所　ナショナル製本
カバーフォーマットデザイン　中原達治

Printed in Japan ©2019, Satoru Okamoto　ISBN978-4-396-34557-0 C0193

祥伝社文庫の好評既刊

岡本さとる **浮かぶ瀬** 取次屋栄三⑦

神様も頬《ほお》ゆるめる人たらし。栄三の笑顔が縁をつなぐ！ 取次屋の心にくい仕掛けに、不良少年が選んだ道とは？

岡本さとる **海より深し** 取次屋栄三⑧

「キミなら三回は泣くよと薦められ、それ以上、うるうるしてしまいました」女子アナ中野《なかの》佳也子《かやこ》さん、栄三に惚れる！

岡本さとる **大山まいり** 取次屋栄三⑨

大山詣りに出た栄三。道中知り合ったおきんは五十両もの大金を持っていて……。栄三が魅せる〝取次〟の極意！

岡本さとる **一番手柄** 取次屋栄三⑩

どうせなら、楽しみ見つけて生きなはれ。じんと来て、泣ける！〈取次屋〉誕生秘話を描く、初の長編作品！

岡本さとる **情けの糸** 取次屋栄三⑪

自分を捨てた母親と再会した捨吉《すてきち》は……。断絶した母子の闇を、栄三の〝取次〟が明るく照らす！

岡本さとる **手習い師匠** 取次屋栄三⑫

栄三が教えりゃ子供が笑う、まっすぐ育つ！ 剣客にして取次屋、表の顔は手習い師匠の心温まる人生指南とは？